「ユウジ……こう……にはならないから」
『分かってる。先……ゃねぇよ。
だけど……おれのものだ」
Illustration／TATSURU KOHJI

プラチナ文庫

Platinum Label

手錠

剛 しいら

"Tejoh"
presented by Shiira Goh

プランタン出版

イラスト／小路龍流

目　次

※本作品の内容はすべてフィクションです。

テレビは何のためにあるのだろう。誰も観ていないテレビには、存在感の欠片もない。

全く興味もないバラエティ番組の画面を見て、松浦翼《まつうらつばさ》はテレビを点《つ》けたまま寝ていたことに気が付く。部屋の電気も煌々《こうこう》と点いていて、かろうじてノートパソコンだけは、自ら機能を停止してスリープ状態になっていた。

「ああ……もったいない。ベッドで寝ればよかった」

床で眠るより、何倍も気持ちよかっただろう。それが分かっているのに、ベッドまで辿《たど》り着けなかった。風呂にも入らず、着替えもしないで、床に転がってそのまま寝てしまったのだ。

テーブルの上に乗っているコンビニ弁当の残骸《ざんがい》は、もう饐《す》えた匂《にお》いを発し始めている。出勤前にきちんとゴミを出しておかないと、後で厄介なことになりそうだった。

久しぶりに家に帰れたというのに、疲労が軽減されることもなかった。この状態でまた勤務先の救急救命病院に戻るのかと思うと、気持ちが沈んでくる。

研修医時代から続けて八年、救急救命の現場で働いてきた。幼少時は病弱で、入退院を繰り返していたというのに、何とタフな男に成長したのだろう。

毎日が戦いだ。厄介な患者を引き受けたら最後、しばらく家にも帰れない。病院に泊まり込みで、下手をすれば宿直室での仮眠にさえありつけないといった、過酷な生活をしていた。

もっと楽な勤務先を探せばいいのかもしれない。給料もよく、待遇のいい勤務先なんて探せばいくらでもある。さらには個人病院に、婿入りするという手だってあるのだ。

借金してでも、開業するという手もあるだろう。地方のショッピングモールの中には、医院のためのスペースを確保しているところもある。首都圏の一等地での開業は無理でも、そういった場所なら可能性はあった。

なのに松浦には、そこまでの欲がない。それよりこうしてくたくたになるまで、仕事に追われる日々のほうが嬉しいのだ。

「根っからのマゾだな」

寝違えてしまったのか、痛む首筋をさすりながら、松浦は聞く人もいないのに呟《つぶや》く。

十歳まで生きられないのではないか、と言われて育った。それが無事に十五歳まで育つと、後の人生はおまけのようなものだから、少しは人様の役に立つような生き方をしろと父に言われるようになった。

確かにおまけの人生かもしれないが、迷惑をかけた分のお返しはもう十分にしたと思う。連日、救急車で運ばれてくる瀕死《ひんし》の患者を助けるために、プライベートを犠牲にして戦ってきたのだ。

「どれ……行くか」

浴室乾燥機で乾かした着替えを取り込み、シャワーを浴びた。そして今度は、昨夜洗ったものを干す。浴室乾燥機のタイマーをセットしながら、次はいつベッドでゆっくり眠れるだろうかと考えた。

着替えをバッグに詰め込み、点けっぱなしだった電気を消して家を出る。少量ではあったが、ゴミを出すのは忘れない。生ものなどはほとんどないが、それでも何日も放置しておくと、帰ったときに独特の臭《にお》いがするのが嫌だった。

車はもう何カ月も洗っていない。病院の職員駐車場に駐《と》めておくことがほとんどだから、枯れ葉や雨で汚れ、塗装はとうに購入時の輝きを失っていた。けれど手入れをする暇もないし、病院と家との往復にしか使わないのだから、汚れていても気にならなくなってしまった。

勤務する病院に着くと、『救急外科・松浦』と書かれたボードの下に、在院の札を下げる。研修医時代から八年も使っている札は、薄汚れていて字も薄くなっていたが、新しいものに替えられることはなかった。

外科の医局に入り、クリーニングされて戻ってきた、診察用の白衣に腕を通す。けれどどうせすぐに、ブルーの手術着に着替えることになるだろう。

「松浦先生、お戻りですか？」

疲れた顔の研修医が入ってきて、ほっとしたような声を出した。

「んっ……何か困ったことあった？」

「いえ、交通事故二件です。一人は亡くなりました……」

「そうか、救えなかったんだ」

「到着した時点で、ほとんど心肺停止状態でした。大動脈破裂していて、腹部もぐちゃぐちゃだったんです」

研修医はそこで、両手で顔を覆って静かに泣き出した。

その気持ちはよく分かる。誰が担当したとしても、救える患者ではなかっただろう。けれど何とかしたいと思うのが医者なのだ。

松浦は三十二になるが、やはり研修医時代には激しく落ち込むことが多くて、何度も医者を辞めたいと思ったものだ。

そんな状態でも、次々と患者は運び込まれて来るのだから、どこかで気持ちを切り替えないといけない。そのために松浦が学んだことは、どんな時でも感情的にならないことだった。

それがいつしかすっかり身についてしまい、今では感情の乏しい人間になっている。悲しみに対して鈍くなっているだけでなく、怒りや笑いすら失ってしまった。

「めげるな。俺が担当しても、助けられなかった」

恐らく助けられなかったことに対する、悔し泣きだろう。ここで悔し泣き出来れば、いずれいい医者になれる。松浦はそう思ったが、あえて口にはしなかった。

「ゆっくり眠るといい。大変だっただろうに、俺を呼び出さなかったことは感謝するよ」

自分の手には余るとばかりに、助けを求める研修医もいる。それをしないで、何もかも引き受けようとしたのは偉かったと、松浦は素直に褒めてあげたい気分だった。

「もう帰っていいよ。引き継ぎは何かあるか？」

「……すいません。もう一人は骨折で、一般病棟に移しました」

涙を拭《ぬぐ》いながら、研修医は引き継ぎの書類にサインをする。松浦が休みだったから、丸一日、研修医は働いていたことになるので、疲労もかなりのものだろう。

この病院では、救急救命病棟に隣接して、一般病棟があった。救急救命で引き受けた患者は、処置が終わると翌日にはそちらに移動となるので、救急救命の医師が患者を退院まで担当することはほとんどない。

だからなのか、患者に対して個人的な思い入れを持つことがないのは、有り難かった。

勤務時間は、一般の外来受付終了後だ。そして朝の開院と同時に、自由になる筈だった。

なのに日中も帰れないのは、慢性的な医師不足が原因だ。

担当医が決まるまでの間は、最初に担当した救急救命の医師が、責任を持って診《み》ないといけない。そのせいで簡単に帰れない日々が続いている。昼夜逆転した生活も、今ではすっかり慣れてしまったが、拭いきれない疲労感だけはどうすることも出来なかった。

交通事故は毎晩のように起こった。刃傷沙汰《にんじょうざた》はしょっちゅうで、意識を失うまで飲む愚か者は後を絶たない。

巨大な繁華街が近くにある、救急救命病院の宿命だ。そんなことが分かっていて就職した以上、忙しさに文句は言っていられない。

医局に置かれた旧式のコーヒーサーバーは、誰がセットしてくれたのか、すでに中身は満たされていた。誰もが忙しいと放置されるサーバーは、時折泥のようなコーヒーを飲ませる。今夜はありがたいことにまともなコーヒーだ。

昨夜の診療記録を読み返しながら、松浦は呟く。

「頑張ったじゃないか。泣いても許してやるさ」

ふと、鏡に目がいった。

疲れた顔の男が映っている。

少し癖のある髪は、放っておくと毛先が勝手にくるくると巻いてしまう。二重の大きな目は、目の下に隈《くま》がなければ十分に美しいと言えるだろう。

あの研修医と同じ年の頃は、まだかわいげのある顔をしていた。患者には、こんな若い医者で大丈夫なのかと不安がられたが、どんな嫌みを言われても笑顔で診察した。

笑顔はいつか凍り付き、今では口元を微《かす》かにあげるだけが精一杯だ。研修医時代には、院内で一番可愛《かわい》いと騒がれたこともあったのに、今では誰も松浦にそんなことは言ってくれない。それよりも仕事で評価されるようになったことを、もっと喜ぶべきだろうか。

「松浦先生、救急から、産気づいた外国人女性を引き受けてもらえないかって申し出なんですが、どうしますか？」

いきなり看護師が現れて、松浦に質問してくる。内線電話をかけるってことも知らないのかと、新人らしい看護師をじっと見つめた。

「産科のある病院に回せよ」

「他の病院は、どこも断られたそうです」

「外国人だからか？」

「さぁ？　かなり切迫しているらしいんですが、このままじゃ、救急車の中で出産しそうだと言ってますが」

すべての外国人がそうではないが、救急車を呼び病院まで来ても、治療が終わると治療費も払わずにさっさと逃げ出すものもいる。不法滞在だったり、保険なしで高額の医療費が払えなかったりするからだ。

個人病院だと、そんなトラブルを回避するためにか、医師の不在を理由に引き受けなかったりすることもあるようだ。けれどここは古くからある病院で、病床に空きがある限り、どんな病人でも断るということはまず許されなかった。

「俺は産科が専門じゃない。この病院には、産科もない。外科医だが、それでもよければどうぞと言ってくれ」

普通分娩《ぶんべん》ならどうにかなりそうだ。とりあえず妊婦を引き受け、それから転院先の病院を探すしかない。

「飛行機にでも乗ってると思えばいいか……」

飛行機や船で妊婦が産気づいた時、同乗している医師が出産を手助けすることはある。そう思えば、覚悟は決まった。

「産科用の診察台なんてないぞ。それでもいいか、ま、用意して」

「はい」

看護師は慌てて戻っていく。

松浦はブルーの手術着に着替えたが、その間に救急車が到着したようだ。いつも聞こえるサイレンの音が止み、患者の搬入口に赤色サイレン灯が瞬いているのが、窓越しに見えた。

治療室に入ると、親切な救急救命隊員が優しく言葉がけをしながら、診察台の上に産婦を横たえているところだった。

すでに破水しているのか、むき出しになった下半身は薄い血で汚れている。産婦は松浦の知らない異国の言葉で、大声で喚《わめ》いていた。よく見るとその顔はまだあどけなくて、全身の様子からも若さが感じられる。

「ドクター松浦、オッケー？」

松浦が医療用の手袋をはめながら声を掛けると、産婦はやっと静かになって頷《うなず》く。

「ネーム、ユア、ネーム」

その問いかけに、産婦はしばらく考え込むような顔をしたが、やっと小さな声で答えた。

「アリシア……タナカ」

「タナカ？　旦那は日本人か？」

さらに詳しく聞こうとしたら、アリシアは呻《うめ》きだした。見るともう胎児の頭が覗《のぞ》いている。

「母親学級なんて行ってないんだろうな。ヒッヒッフーだよ、息を、いいか、短く吐いて、続けて長く吐いて。リラックスだ、リラックス、オッケー？」

アリシアはそこで甲高く叫び始めた。看護師がその手を握り、何とか落ち着かせようとする。

「まいったな。逆子じゃないのが、せめてもの救いだが」

松浦はその時、アリシアの胸に小さな十字架が付けられていることに気づいた。

「よし、マリア様にお願いしろ。エーメン、マリア」

「ああ、マリア……」

「そう、マリア様も同じ苦しみを味わった……筈だ」

痛みが最高潮に達した様子なので、松浦は酸素吸入を看護師に命じる。

「痛くても、麻酔は使わないから我慢しろ。既往症も何も分からない、こんな状態じゃな」

子供が生まれそうになったというのに、アリシアには救急車を呼ぶしか方法はなかったのだろうか。普通は出産する産婦人科の病院を事前に決めて、定期的に診察を受けるものだ。ミスター・タナカは、妻をほうっておいて何をしているのだろう。そんなことをぼんやりと考えていたら、別の看護師が松浦に囁《ささや》いた。

「松浦先生、交通事故の患者です。バイクで暴走中転倒だそうです」

「隣に入れて……」

三つある診察台が埋まってしまうのは、いつものことだ。今夜はまだ二つ、どうということはない。

「二人ですが」

「ああ、いいよ。二つ空いてるだろ」

さぁ、そういう訳だ。さっさと産んでしまってくれ。そう思いながら松浦は、看護師に指示を与える。

「小児病棟に入院させるから……準備しておいて」

以前は産婦人科もあったのだ。それが医師不足で、今は小児科しかない。その小児科でさえも、やはり医師が少なく、存続が危ぶまれている。

経営リイドは残酷だ。現場の実情など考えず、面倒なものは切り捨てていく。病院を取り巻く環境が大きく変わったことも、影響しているのかもしれない。救急に訪れる患者の何割かは、言葉の通じにくい外国人になってしまったのだ。

日本人でも保険証がなく、全く治療費の支払えない者がいて、たまにはモンスターと呼ばれる特大級のクレーマー患者もいた。

治療してやっているなどという、傲慢《ごうまん》な考えは持ち合わせていないが、それでも時折、苛立《いらだ》ちや虚《むな》しさに襲われた。命が助かっても、その後に感謝もない。いいように利用されているだけだと思うと、自分が何をしているのか分からなくなってくる。

「アリシア、頑張れ。ともかく、産もう。産んでしまえば楽になる」

それでもこうして患者を前にすれば、最善を尽くすしかなくなった。

産婦を励《はげ》ましている間に、またもや救急車のサイレンが近づいてきた。そしてばたついた様子で、二人の若者が運ばれてくる。

「意識はあるか?」

救急救命隊員に訊《たず》ねると、即座に返事が返ってきた。

「一人はバイタルサインがかなり危険な状態です。もう一人は、意識もはっきりしています」

「そう……」

アリシアを看護師に任せて、松浦は交通事故の若者に向かう。そして最初の一人を見た瞬間、診察台を汚しただけ無駄だったと、残酷なことを考えてしまった。

「脊髄《せきずい》、ひどく損傷してるじゃないか。呼吸停止だ……心臓は……」

即死しなかったのが奇跡の状態だ。それでも救急救命隊員は、心臓が動いていれば運んでくる。まだ息のある人間を、警察の死体安置所に置くようなことはしない。

けれどももう手遅れだった。背骨が折れているのが、触診しただけでも分かる。この様子では、背骨が一方の肺を突き破っている可能性もあった。

こんな時には、松浦も迷う。この若者を生き返らせるために、最大限の努力をするべきなのかと。

生かすのが医者だ。そんなことは分かっている。けれどここまで酷《ひど》く背骨を損傷したら、この若者は一生、まともに歩くことも出来ない。

努力したところで、生存の可能性は二十パーセントもないだろう。だったら切り刻んでしまわずに、綺麗《きれい》な状態で家族に返したほうがよくはないだろうか。

ここで諦《あきら》めても、誰も松浦を責めないとの考えは、いけないことなのか。やはり家族は、どんな姿でも生きていて欲しいと思うものだ。

「背中から切開するぞ」

結局松浦は、生かすための努力をすることにした。やるだけのことはやったと、家族に証明するためにだ。救急救命病院に運ばれても、十分な手当は受けられないなんて、そんな評価を残したくなかったのだ。

折れた背骨を前にして、絶望的な思いを抱いていたら、微かに産声が聞こえた。神は残酷で、そして優しい。命に対する天の采配《さいはい》をこうして示すのだ。

松浦にとって、夜明けはいつももの悲しく感じられた。一日の終わりである夕暮れの寂しさと違い、明るさに満ちている筈の夜明けが、とても辛い時間なのだ。

八時には帰れる筈だが、今日も無理だろう。

バイク事故で生き残った若者を外科病棟に入院させたが、経過を見ないといけない。さらに家族と警察に、怪我《けが》の状況を説明しないといけないのだ。

その上に、まだ厄介な問題がある。

アリシアが消えた。赤ん坊を置き去りにして、消えてしまったのだ。

一つの命を救い、一つを助けられなかった。後悔が少し、満足感は微妙だ。

疲れはじんわりと全身に広がり、空腹感すら押しつぶす。

血だらけの手術着を脱ぎ、着替えてから白衣を羽織る。そしてもう泥のようになってしまったサーバーのコーヒーを飲むのは止めて、外の自販機にコーヒーを買いに出た。

秋の早朝には、微かに冬を予感させる匂いがある。風は冷たく、まだ明け切らない空は澄んでいて、風景に色はなく、モノクロフィルムの世界に紛れ込んだかのようだ。

ベンチに座り、やけに熱い缶コーヒーが、ほどよく冷めるのを待った。

すると若者が一人近づいてきて、探るように訊《き》いてきた。

「あんた、外科の医者？」

「ああ、そうだが」

きっとバイクで事故を起こした若者の仲間だろう。金色に近いほどに明るく染めた短めの髪と、衣服に染み付いた微かな血の臭いから、松浦は勝手にそう判断した。

「助けられなくて申し訳なかったね。ベストを尽くしたが、脊髄の損傷が激しくて無理だった。もう一人は、今、麻酔で眠ってる」

「……」

「面会はまだ無理だ」

やっと冷めたコーヒーを一気に飲むと、松浦は缶をゴミ箱に捨てて医局へ戻ろうとした。するると若者が近づいてきて、松浦の袖《そで》を摑《つか》んだ。

「んっ？」

「騒ぐな。脅《おど》しじゃねぇよ。マジもんだ」

若者は手にした銃を、松浦の脇腹《わきばら》にぐっと押しつけてきた。

どうやら事故に遭った若者は、ただの暴走族ではなかったらしい。ヤクザとも関係していたのだろうか。この若者は身内で、助けられなかった医師に対して、理不尽な怒りを向けているのかもしれない。

「俺に八つ当たりされてもな、困るんだが……」

「余計なことは喋《しゃべ》るな。駐車場に向かえ」

「……金ならない。財布も車のキーも、医局に置いてきた」

「黙って歩け」

駐車場の隅に、地味な灰色の古びたバンが停まっていた。鍵《かぎ》はかけられていなかったのか、若者はすぐに助手席のドアを開き、そこに松浦の体を押し込むと、素早くその左手に手錠をはめ、車のドアに繋《つな》げてしまった。

「おい、俺を誘拐しても無駄だ。金にはならない」

抗議しても駄目だった。運転席に座った若者は、すぐに粘着テープで松浦の口をふさぎ、さらに両足を揃《そろ》えてテープでぐるぐる巻きにしてしまう。動きは素早く、冷静さが感じられた。こういった荒事を、何度も経験している証拠だ。

若く見えたけれど、十代ということはなさそうだ。松浦は下手に抵抗しても無駄だと、即座に諦めた。

右手も車のシートに貼《は》り付けられてしまう。その手際はかなりのものだった。

「お利口にしてりゃあ、撃ったりしねぇよ」

そのまま若者は、ゆっくりと車をスタートさせた。巡回中の警察官でもいればいいのにと思うが、早朝の街でこのバンはあまりにも目立たない。仕事に向かう、どこかの業者の車のようだった。

若者は尻《しり》の下に隠した銃を時折取り出して、わざとのように松浦の股間《こかん》に押し当てる。そして不敵に笑った。

車はそのまま古びた家の建ち並ぶ一画に進入していく。早朝とはいえ、何だかゴーストタウンのように人気のない所だった。

「いいか、逃げようなんてするな。言うことを聞いてれば、最後はちゃんと病院に帰す。すぐに帰れるかどうかは、あんたの腕次第だ」

三階建ての小さなビルの前に車を駐めると、若者はすぐに降りて助手席のドアを開き、手錠を外して松浦を車から連れ出した。だがすぐにまた手錠を、今度は若者の右手に繋いでしまった。銃はもう必要ないと思ったのか、無造作に肩から提《さ》げたバッグの中に放り込んでしまう。松浦がたいして抵抗する様子もないから、安心してしまったようだ。

「大声あげても無駄だ。この辺りは、来月から再開発になるから、ほとんど住民は残ってねぇよ。いるのはカラスくらいのもんだ」

若者は遅れる松浦を急がせるように、何度も強くその腕を引いて階段を上がる。雨に汚され、色も変わり文字も判読出来なくなったチラシや郵便物が、階段の踊り場にたまっていた。その様子から、とうにこのビルの住人は、いなくなったのだというのが分かった。

「ほらっ、入れ」

元は事務所だったのだろう。ドアにはネームプレートの剥《は》がされた跡がある。開かれたドアから中に押し込まれた松浦は、予想通りに古びたデスクと椅子が置かれた、事務所らしい室内を目にした。

「見たことは忘れろ。したことも忘れろ。それが出来るんなら、金はちゃんと払う」

古びた革張りのソファの側まで連れられてきた松浦は、そこに男が横たわっているのを知った。スーツの上着を脱ぎ、ワイシャツ一枚になっている。腹には晒《さら》しが巻かれているが、どす黒く変色した血が滲《にじ》んでいて、饐えたような嫌な臭いをさせていた。

そこでやっと若者は、松浦の口から粘着テープを引きはがした。

「医者なら、見て分かるだろ」

松浦はそれどころではない。粘着テープの不快感を少しでも減らそうと、口を拭うのに忙しかったのだ。するといきなり若者の左手で、頬《ほお》を思い切り叩かれた。

「見ろよっ！」

「ああ、見てる。撃たれたんだろ。だけど手術道具も、薬も無しでどうしろっていうんだ。俺は指先だけで奇跡を起こす、呪《まじな》い師じゃないんだぞ」

「それなら……病院でパクッてきた」

そこで若者は、肩から提げたバッグの中身を松浦に見せた。

「メスと針と糸。それに消毒薬。あと包帯とガーゼとピンセットかな」

「……よく盗めたな」

「堂々としてりゃ怪しまれねぇよ。白衣、パクッてから、頭におかしな帽子被《かぶ》って歩いてた」

あの病院はセキュリティが甘いと常々思っていたが、言われてみればその通りだ。白衣を着ていれば、宿直代行をするアルバイトの研修医と思われたかもしれない。

「さっさとやってくれ。腹と背中を撃たれてる」

「ここでか？　何で病院に連れて行かない？」

「行けるんなら、とうに行ってる。行けないから、あんたが必要なんだろ。それぐらい、頭いいなら分かるだろうが」

若者は苛立った様子で言った。

つまりこれは強制的な往診ということだ。

松浦はたまたま外で休憩していたから、簡単に拉致《らち》されてしまったということらしい。

「兄貴、医者、パクッて来たから」

そう声を掛ける様子には、男の身を心配しているのが感じられた。

「こんな手錠なんてされていたら、診察出来ないだろ」

「ああ……だが、メス持たせたからって、おかしなことするな。こっちには銃があるんだから」

「分かってる。俺も、出来るなら早く帰りたい。交通事故の患者、担当してるんだ」

酷い夜だった。そして迎えた朝は、最悪だった。

時間に余裕があれば深夜に夜食を食べるが、それも口にしていない。

唯一、気分を明るくしてくれたのは、手錠が外されたことだ。動きが不自由とかだけの問題ではない。自由を奪われるのは、かなり屈辱《くつじょく》を感じる。

眠っていたのだろうか。男の体に松浦が触れると、いきなりかっと目を見開いて、松浦を殴ろうとする。二発の弾丸を食らっているにしては、恐ろしいほどの気迫がこもっていた。

「兄貴、殴ったら駄目だ。医者だよ。病院からパクッてきたんだよっ」

「んっ……自分で抜ける、こんなものは……何てことねぇよ」

「無理だって。医者にやらせなよ」

「ああ……」

西部劇の時代にタイムスリップしたかのようだ。銃弾を自分で取り出そうなんて、よく口にしたものだと松浦は呆《あき》れる。

撃った相手が敵か身内か知らないが、病院へも警察にも行けない事情があるのは分かった。それにしても、どうやってこの状態で、自分で銃弾を抜けるなどと考えられるのか不思議だ。

「不衛生だな。こんな環境じゃ、感染症が心配だ。撃たれた時の状況説明して。距離と角度、どういった状態で被弾した？」

血だらけの晒しを外しながら、松浦は訊ねる。すると若者は、困惑した様子を見せた。

「えっ、そんなの関係あるのか？」

「あるに決まってる。どれくらいの深さで、弾が食い込んでるか分からなければ、無駄に切開しなければいけない。弾丸のスピードによっては、貫通することもあるが、貫通はしていないんだな？」

若者はそこで、びっくりした子供のような顔になった。

「おれ、いい医者、捕《つか》まえたな。あんた、こんなとこに連れ込まれたのに、ちゃんと医者やってるじゃねぇか」

「ああ、当たりだったかもな。俺は救急救命で八年やってる。撃たれた患者も、何人か診た」

「すげぇな。おれ、いい勘してる」

「そんなことで喜んでないで、盗んできたものの中から、麻酔薬を出してくれ」

「そんなもの見つけられねぇよ」

「……」

西部劇というより、どうやら戦場に紛れ込んだようだ。麻酔も無しで、弾丸を体内から取り出せというのか。松浦は大きくため息を吐き、撃たれた男に話し掛けた。

「悪いが、輸血も出来ないし、麻酔もない。こんな状態で、あなたを切り刻むことは出来ない。無理だ。病院に行こう」

「麻酔なら……ヤクがある。弾は、腹に晒しを巻いていたからか、三センチくらいのところだ。背中はわからねぇが、二十メートルくらいのところから撃たれたな」

男は思ったより冷静だった。こんな修羅場を、何度も潜《くぐ》り抜けてきたようだ。だがそんな男相手でも、松浦には譲れないことがあった。

「無茶苦茶だ。麻酔代わりに、薬物使用か！　犯罪の片棒を担ぐなんて出来ない」

患者が麻薬を使用するのを許したりしたら、松浦自身が医師の資格を剝奪《はくだつ》されてしまう。

そう思ってさらに抗議しようとしたら、後頭部に銃口を突きつけられていた。

「さっさとやるんだ。おめぇ医者なんだろ。だったら、助けるのが仕事じゃないか」

「医者だから、無理は出来ないと言ってるんだ」

若者にすごまれ、銃口を押しつけられても、松浦は下がらなかった。疲れ切っていて、気分がハイになっているのかもしれない。現実感がないせいか、銃で撃たれる恐怖は不思議と感じなかった。

若者は撃たないという確信が、あったからかもしれない。こんな怪我人がいるから、わざわざ医者を連れてきたのだ。それを殺してしまったら、余計なトラブルを増やすだけだろう。若者もそこまで愚かではない筈だ。

「戦地にいるんじゃない。西部劇の時代でもない。世界の中でも、もっとも進んだ医療施設がすぐ近くにあるのに、どうしてこんな状況で弾を取りだそうなんてするんだ」

「うるせぇ。こっちには、こっちの事情があるんだ。おめぇがやらないってんなら、いいさ、またどっかの病院に行って、医者を連れてくるだけだ」

「……」

その時松浦は、突然、とてもいい人になってしまった。

もしここでした診療行為がばれて、医師免許を失うことになっても、自分だったら構わないと思ったのだ。

未来のある研修医や、家族を養わなければいけない勤務医が、こんな事件に巻き込まれたらどうだろう。大変な損失だ。

自分なら医者でなくなっても生きていける。いや、むしろこれがきっかけで、堂々と辞められるのならそれもいいと思えてしまった。

あるいはこの若者が、ひょっとした拍子にぶちぎれて、松浦を撃ち殺す可能性だってある。兄貴と呼んでいる男がもし死んでしまったりしたら、その可能性はますます高くなりそうだ。

死ぬのが自分ならいい。他の誰かが死ぬより、ずっといいような気がする。

何でこんな所で達観してしまったのだろう。理由があるとしたら、松浦は疲れ切ってい

て、少しでも早く楽になりたかったのだ。

「分かった。それじゃ……麻酔薬の代わりに、麻薬？　大麻か？　覚醒剤《かくせいざい》？」

「シャブじゃねぇよ。大麻だ」

「ならいい。好きなように投与してくれ。ただし大麻は血圧を上昇させ、心臓にも影響がある。使用量を間違えると、それだけで死ぬことになるぞ」

「兄貴はそんなヤワじゃねぇよ」

恐らく松浦が来るまでの間も、大麻を吸わせて痛みをごまかしていたのだろう。部屋には嗅《か》ぎ馴《な》れない匂いが満ちていた。

「市販の痛み止めを使えばいいのに……」

そう口にはしたが、ここで何を言っても無駄だろう。

若者は煙草のように巻かれた大麻樹脂に火を付けて、男に吸わせていた。男は痛みから逃れたいのか、慌てて吸っている。

その間に松浦は、若者が盗んできたメスとピンセットを、消毒用のアルコールを染みこませたガーゼで綺麗にした。

銃創の手術経験ならあるが、どこに弾丸があるのか、スキャンして調べることも出来ない状況でやるのは初めてだ。

「痛くても騒がないでくれ。騒げば出血が増える。ここには輸血用の血液も、点滴の用意もないんだ。血を多く失えば、それだけで死亡の確率は高くなる」

男に向かって言ったが、それは自分を納得させるための言葉でもあった。

巻かれていた晒しを外し、腹部の傷を確認した。腸や肝臓などの内臓まで弾が食い込んでいたら、ここで抜き取るのは無謀なことになる。そう考える松浦の心に、また悪魔の声が響いた。

どうせ生きていても、世の中に害を及ぼすようなヤクザだ。いっそここで、神の裁きを受けてしまってもいいのではないだろうか。

若者は単純な考えしか持っていないだろう。だったら弾を抜くだけでは、助からないかもしれないと説明しても分からない。男が死ぬことになってもいいから、まずは弾を抜き取って、ここは若者を納得させるべきだ。

危険なのは男の命だけじゃない。失敗すれば松浦も殺されるかもしれないのだから、ここは五分の勝負といったところだろうか。

銃創のアルコール消毒を開始した。すると男は獣のような咆哮《ほうこう》をあげたが、すぐに汚れた晒しを自ら口に押し込み、叫び声を封印してしまった。

男の背中には、武者姿の髑髏《どくろ》の入れ墨がある。背景には蝙蝠《こうもり》が飛び交い、黒い墨色ばかりの中に、甲冑《かっちゅう》の紐《ひも》だけは鮮やかな朱色だった。

「三センチか……それを信じるしかないな」

時代遅れに思える腹に巻いた晒しだが、こんな時には役に立つ。人間の柔らかい皮膚を簡単に切り裂く刃物も、何重にも巻かれた木綿の生地によって、その威力を削《そ》がれるのだ。だからヤクザは晒しを巻くのだが、それは自分が刺されるかもしれないと分かっていたからだ。

弾丸にも同じように防護作用はしたのだろうか。本来なら内臓にまで食い込んでいたかもしれない銃弾は、わずか三センチのところで留まったらしい。

松浦は銃創をメスで広げ、本当にその位置にあった弾丸を確認し、素早く取り出した。そしてただちに傷口の縫合に入る。幸いなことに、銃弾は筋肉と脂肪の境目あたりにめりこみ、大切な血管や神経を断裂させることがなかったのは救いだ。

「んんっ……」

男は脂汗を流しながらも、晒しをきつく噛《か》んで痛みに耐えていた。

「男のほうが、痛みや血に弱いらしい。女は出産を経験すると、何も怖いものがなくなるらしいよ」

松浦はそう話し掛けながら、ガーゼで傷口を覆った。そしてすぐに背中を調べる。

入れ墨の髑髏武者が手にする刀のところに銃創があって、刀はまるで人を斬《き》った後のように血染めになっていた。

レントゲンやスキャンの装置があれば、苦もなく銃弾の在処を探せるのにと何度も思いながら、銃創を切り開く。売り物なのかどうか知らないが、男の持参した大麻は、痛みを完全に消し去ることは出来なかったようだ。

男は全身を震わせて、激痛に耐えていた。

「あった。幸運だったな。肋骨《ろっこつ》のところで止まってる。入れ墨まで、綺麗に縫合出来る腕はないから、傷跡が残っても恨まないでくれ」

メスとピンセットしかないというのに、よくやれたと自分でも感心した。体の中にめり込んでいた二発目の銃弾を取り出し、心持ち丁寧に縫合した。それでもやはり、入れ墨には無惨な傷跡が被さってしまうだろう。

今のように医療設備のなかった時代にも、人は矢傷や刀傷を治してきたのだ。それを思えばまだ、縫合と消毒が出来ただけましだ。

気丈に見えた男も、大麻が効いたのか、それとも痛みに耐えきれず気を失ったのか、今は静かにしている。

松浦は脈を採り、まだしっかりと心臓が働いていることを確認して安心した。

止血剤もない。あるのはガーゼだけで、出血が止まるまで何枚も代えないといけなかった。

どれぐらい時間が過ぎただろう。コーヒーが飲みたかった。泥のように煮詰まっていてもいい。自動販売機で売られている、激熱か温《ぬる》いのでもよかった。

そして一時間でもいい。何もかも忘れて眠りたかった。

ビルの窓にカーテンはなく、快晴の空が明るくなっていく様子がよく分かる。今頃病院では、松浦は仮眠しているとでも思われているだろうか。

すぐに帰してくれるなら、ここでしたことなど忘れてしまいたい。いや、忘れるべきだろう。

「終わった……。ここでしたことは忘れるから……」

そう言うと、松浦は事務所に付随したキッチンに向かい、汚れた手を洗った。

「警察に通報したりはしない……。抗生物質と、大麻なんかと違う、ちゃんとした痛み止めが必要だろう。送ってくれたら、薬をあげるから」

手は綺麗になった。けれど白衣に付いた血は、水で洗ったくらいでは落ちない。こんな血の染みを付けて病院に戻るのも不自然で、松浦は白衣を脱いだ。

厚手コットンのシャツと、その下にTシャツを着ている。以前はもう少し洒落《しやれ》っ気もあったが、今では量販店で売られている、洗っても傷みの少ない、機能性のあるものしか着なくなっていた。

「眠ってくれて助かった。しばらく食事は無理でも、水分は十分に与えたほうがいい。傷口が塞《ふさ》がるまでは動かさないほうがいいので……ここには看護師もいないし、君に採尿までは無理だろうから、大人用の紙おむつでも用意すればいいんじゃないか」

もう自由にしてくれるだろう、そう思っていたのに、若者は銃を手にしたまま、まだ男の顔をじっと見つめていた。

まさかここで、もう役目を終えた松浦を撃つつもりだろうか。

さすがにそれは松浦としても面白くない。

「どうした？　ほっとしたんだろ。大丈夫だよ。彼は丈夫そうだ。安静にして、傷口が開かないようにしていれば、そのうち回復するだろう。だが感染症には気を付けたほうがいい。毎日、傷口を消毒して、薬を飲ませるんだ」

「おれじゃ……無理だ……」

若者は、迷子になった子供のような顔をしていた。男とどんな関係なのか松浦には分からないが、恐らく弟分とか舎弟とか呼ぶような関係だろう。顔つきも体つきも似ていないから、本当の兄弟には見えなかった。

「約束だろ。弾を取り出したら、病院に帰してくれるって言ってたじゃないか？」

「信用出来ねぇ……。兄貴がこんな状態で、サツに垂れ込まれたら……」

どうやら必死で考えてはいるらしいが、果たしてどんな結論を出すつもりだろう。松浦はもう帰りたいばかりだったから、ついしつこく言ってしまった。

「病院では、患者が待ってるんだ。交通事故のね。後、また誰か運ばれてきているかもしれない。救急救命ってのは、いつ患者が飛び込んでくるか分からないから」

「知らねぇよ。他の誰が死のうが、関係ねぇや。それより……兄貴だ」

「だから何度も言ってるだろ。薬をあげるから、それを飲ませて……」

「黙れ。ちょっと静かにしてろ。おれも考えてるんだからっ」

今なら逃げ出せるだろうか。松浦は古びたドアを見て考える。売り物にもならないようながらくただけ残された事務所には、銃を持った若者相手に戦えるような武器はない。もっとも武器があったところで、松浦には戦えないだろうが。

「金はいらない、ともかくもう帰りたいんだ。昨日の夜から、何も食べてない。そうだ、途中でコンビニに寄ろう。コーヒーとサンドイッチ、君もどうだ？」

コンビニのサンドイッチで十分だ。シャキシャキしたレタスが入っているのがいい。

それとコーヒー、そうコーヒーだ。カフェインが松浦を、今より少しはしゃんとした状態に戻してくれるだろう。

「あんたが帰った後で、兄貴の様子がおかしくなったら、どうすりゃいいんだ？」

「それは……救急車を呼ぶべきだ」

「そんなの無理だってのは、分かってんだろっ」

「……検査も出来ないから、俺には何とも言えない」

男に既往症があったら、かなりまずいのは事実だ。入れ墨をしているし、荒れた生活をしているだろうから、肝炎を患っている可能性もある。高血圧や狭心症なんて既往症があれば、このままでもかなり危ない。

だがそんな説明をしてしまったら、若者が素直に松浦を帰してくれるか分からない。今より不安になって、もっと恐ろしいことを考え出すかもしれないのだ。

「ああ、分からねぇ。どうすりゃいいんだっ」

若者は頭をくしゃくしゃと掻《か》きむしると、再び松浦の側に寄ってきた。

「コーヒーとサンドイッチがあればいいんだな」

「えっ？」

「紙おむつなんて、兄貴にさせられるかっ！」

「……」

若者の手には、いつの間にか銃がなくなり、代わりに手錠が握られていた。それが左手に塡《は》められた瞬間、松浦は思わず抵抗していた。

「止めてくれ。このままじゃどっちみち危ない。彼には薬が必要なんだ。薬をあげるから、病院に帰してくれ」

「うるせぇ。薬は何とかする……」

驚異的な力で、若者は松浦をねじ伏せ、そのままずるずると引きずっていって、手錠の反対側を、男が寝ているソファの足下に塡めてしまった。

「約束が違う」

「黙れ。病院には、他に何人も医者やナースがいるんだろっ。だけど……ここには、あんたしかいねぇんだよ」

「俺は、君らの専属じゃないぞっ」

気が短いのか、若者は平手で松浦の頬を叩いた。痛みはたいしたことはなかったが、松浦は自分の歯で少し唇を切ってしまったようだ。微かに口中に血の味がして、松浦は不愉快そうに若者を睨《にら》み付けた。

「感謝しろとまでは言わないが、これはないだろう」

「いいか、あんたがこれ以上兄貴を看ないって言うなら、また病院から医者を攫《さら》ってくる。ナースでもいいな。あんたはクールだから、ちゃんとおれの言うことを聞いてくれたが、みんながみんなそうじゃないから、おれは……無駄に人殺ししねぇといけなくなるかもな」

「またそれか……」

「ああ、それだ。それだよっ。病人を助けるのも、生きてる人間を助けるのも、同じことじゃねぇか。一人は死にそうな怪我人で、もう一人は……困ってる。助けろ。いい人なんだろっ、だったらいい人らしいことしやがれっ」

無茶苦茶な理屈のように思えたが、妙な説得力があって松浦は押し黙った。

「サンドイッチとコーヒーの他に、何かいるもんあるか？」

「彼に水を飲ませるのに、ストローがいる。体を拭《ふ》く、ウェットティッシュ。しばらく出血が続くだろうから、滅菌ガーゼは大量に必要だ。それと包帯とガーゼ固定用テープ。熱が出るかもしれない。熱冷ましのシートもいるだろ」

　自分はこんなにいい人だったかと、松浦は自嘲《じちょう》する。これでは本当にいい人だ。手錠を填められ、叩かれ、脅されながらも、まだこんな究極の現場での治療に協力する気でいる。

「そ、そうか。覚えられるかな」

「メモしろよ」

「そんなものない。じゃ、それも買ってくる」

　若者はそこでガムテープを取りに行き、再び松浦の口を塞いだ。そして自由な右手を、今度は腹の上に乗せてガムテープで固定させた。

「叫ばれると困るからな。いい人のように見えても、やっぱり信用出来ねぇんだよ。しばらく大人しくしてろ」

　叫ばない自信は確かにない。若者の姿が見えなくなったら、松浦は声の限り助けてくれと叫んでしまいそうだ。

　若者は慌ただしく出て行った。残された松浦は、意識を失っている男に話し掛けることも出来ず、汚れた床に転がってじっとしているしかなかった。

　ふと見ると、男が寝ているソファの下に、金属製のケースが二つ、転がっているのが見えた。その中には何が入っているのだろう。禁止薬物、または現金。そんなものしか思いつかない。

これがあるから、彼らは病院にもいけないのだろうか。きっとそうに違いない。トラブルの元があの中にあって、彼らは隠れ続けるしかないのだ。

名前も知らない若者が、追っ手に見つからなければいいと松浦は考える。苦境に立たされた彼に同情している訳ではない。

松浦はただサンドイッチとコーヒーが、無事に届けられることを願っていたのだ。

どうやら眠ってしまったようだ。こんな不自然な体勢でも、人は疲れていると安眠出来るものらしい。もっともまともなベッドがある自宅でも、こうして床に転がって眠ってしまうのだから同じだろうか。

松浦は体を起こし、すぐ近くのソファで眠る男の様子を観察する。男は晒しを咥《くわ》えたままで熟睡しているようだ。体の下に敷かれたタオルは皆同じ柄で、この事務所に残っていたものらしい。巨大な乳房を誇る美少女のイラストが、血に染まって無惨に変色していた。

(愛ドール？　風俗関係の事務所だったのかな)

外は快晴で、射し込む光が室内を明るくしている。落ち着いて周囲を見回すと、幾つか残された段ボールの中から、タオルと携帯ティッシュを大量に漁《あさ》った様子が窺《うかが》えた。

ティッシュとタオルで、どうにか止血しようと足掻《あが》いたに違いない。けれどそんなことをしても、傷口が塞がる筈もないとやがて若者は気がついたのだろう。

遠くでビル工事をしている音が聞こえる。それ以外に聞こえてくるのは、リサイクルショップの家電引き取り案内の声だ。

そしてどこにいても聞こえるカラスの声と、遠くを行く救急車のサイレンだった。

さすがにもう松浦がいないことは、病院でも知られただろう。誰かが心配して、警察に連絡してくれればいいが、そうも簡単にはいかない。

激務の続く医師は、時折心を壊して、とんでもない行動に出たりする。勝手に旅に出てしまったり、何日も無断欠勤してから、平然と退職願いを郵送してきたりするのだ。

自分ではそういうタイプではないと思っているが、世間が素直にそう思ってくれるかどうかは分からなかった。あいつもついに壊れたかと思われても、仕方のないような仕事をしてきた。誤解されるような状況ではある。

階段を駆け上がってくる音がした。若者が戻ってきてくれたことで、松浦はほっとする。こんな体勢で、今にも死にそうな怪我人と一緒に放置されたらたまらない。若者が男に対して忠実で、誠意があるのは救いだ。

若者は何度か往復して、大量の買い物袋を運び込んできた。

「待たせたな。いろいろと買うものがあってよ」

松浦の口からテープを外してくれながら、若者は嬉しそうな顔をする。やはり若者も、松浦がここにいたことでほっとしたのだろうか。

若者はタオルケットの包みを開き、それを男の体に掛けた。さらにその上から、毛布も掛けてやっている。

「兄貴は？　どうだ、何かあった？」

「いや、よく眠ってる」

「そうか、よかった。鎮痛剤、買ってきた。葉っぱは心臓に悪いんだろ？」

「ああ……あまりよくない」

若者は松浦を立ち上がらせ、埃《ほこり》だらけのデスクの上に置かれた袋を示した。

「サンドイッチ、何が好きか分からなかったから、適当に買ってきた」

「ありがとう」

左手の手錠が外される。これでやっと自由になったと思ったら、あろうことか若者は、またその手錠を自分の右手に填めてしまった。

「えっ？」

「二日、まともに寝てねぇんだ。いつぶったおれるか、分からないからな」

「そんな心配はしなくていい」

「するのが普通だろ」

にっと笑って見せると、若者はデスクへと松浦を誘う。

「すまないが、こういう汚れた場所で食事はしたくない。俺達まで病気になったらまずいだろ。あそこにタオルが大量にあるけど、あれでデスクの上を拭くとかしないのか？」

「ああ、そうか。そんなこと考えもしなかった……」

「彼が起きていたら、こんなところで食事は出来ないって、叫ぶと思うぞ」

「そうだな」

若者は素直に頷く。そこで松浦は、さりげなく訊ねてみた。

「俺は松浦……。名乗りたくなければいいんだが、君の名前は？」

そこで若者はしばらく返事に詰まる。答えていいものかどうか、悩んでいるようだ。そして聞こえてきたのは、名前だけの短いものだった。

「……祐司」

「そうか、ユウジね、思ったより優しい名前だな」

「あんたの名前は？」

「翼だ、あんまり好きじゃない。何か漫画のキャラみたいだろ。母親が元キャビンアテンダントでね。どうしてもそういう名前を付けたかったらしい」

まずは名乗ろう。そして自分のことを話し、祐司から警戒心をなくさせないといけない。そうしなければ、いつまでもこの不自由な拘束状態が続くことになってしまう。

「そういう訳だから、松浦と呼んでくれ」

「先生でいいさ」

祐司はそこで顔を背ける。名前を呼び合うことで、親近感が増すことを恐れたのだろうか。

松浦と手錠で繋がったまま、祐司は器用に左手でタオルを箱から取り出して、外袋のビニールを外した。

「愛ドール？　風俗店か？」

「んっ……最初はテレクラだった。その後は、デートクラブ。ガキ集めて、デートさせんの。本番エッチは、やってもやらなくてもいいって言うと、ガキは喜んでやってきたもんさ」

「ユウジがやってたのか？」

そこで祐司は押し黙り、キッチンに松浦を引きずっていく。どうやら雑巾《ぞうきん》がけの意味は分かっているらしい。タオルを洗い、きつく絞《しぼ》っている。

「もしかして左利き？」

タオルの絞り方を見て松浦が言うと、祐司は一瞬、じっと松浦を見つめた。その顔は、彫りの深い男らしい顔立ちで、よく見るとなかなかの色男だ。笑顔のままだったら、女の子達にもてそうな雰囲気がある。

今は緊張感からか、表情は険しくぎらついているから、本来持っている美しさも半減していた。

「そうだな、銃も左手で持っていた」

松浦は思い出し、独り言のように呟く。

「先生は利き手が右だろ。これならお互い、不自由がなくていいじゃないか」

「不自由がないようにするなら、手錠なんて外してしまえばいいのに」

「そりゃ無理だ。諦めな」

絞ったタオルを手にして、祐司はデスクの上を拭き始めた。松浦は思わず祐司が拭きやすいように、デスクに置かれたものをどけたりしてしまう。二人の呼吸は上手く合って、気がついたらあっという間に綺麗になっていた。

「これからどうするつもりなんだ？　動けるようになるまで、下手すれば一週間は掛かるだろう。感染症も心配しなければいけないし、既往症があると悪化するぞ」

「そんなことは、今言われても分からねぇよ。それより飯にしよう。おれも昨日から、何も食べてないんだ」

綺麗になったデスクの前に、椅子を二つ並べて二人は座った。コンビニで買ってきたのだろう。コーヒー缶が何種類もあった。そしてサンドイッチがいくつかと、祐司は自分のために弁当とパスタを買っていて、すぐにがつがつと食べ始めた。

左手を使おうとすると、自然と祐司の右手を引っ張ることになる。祐司が抵抗する様子はなかったが、それでもやはり重くて不自由だった。

「実の兄弟じゃないんだろ？」

訊ねたけれど、またもや返事はない。当たっているから答えないのだろう。

サンドイッチのレタスは新鮮だった。こんな状況だというのに、シャリシャリとした感触が嬉しい。

時折左手が引っ張られる。祐司も同じように、右手を使う時は松浦の手を引き寄せないといけないのだ。

「兄貴はいつ動けるって？　一週間ってのは、マジなのか？　テレビなんかだと、すぐに歩いてるじゃないか」

「二発だぞ。弾丸を抜いたら、それで終わりって簡単なもんじゃない」

松浦としては、ぜひ病院に行って欲しかった。けれどどう説得しても、祐司は男を病院に連れては行かないだろう。何しろ銃創だ。病院から警察に照会されたら、即座に逮捕されてしまうようなことをしているのに違いない。

「兄貴なら大丈夫だ。前に刺された時も、病院なんて行かないで治しちまったし」

「軽い刺し傷と銃創では違う。あまり簡単に考えないほうがいい。いずれにしても、化膿《かのう》防止のために抗生物質が必要だ。撃たれてからずっと、あまり衛生的とは言えない、こんな環境にいたんだろ？」

「……病院にしかないのか？」

「ああ、医師の処方箋が必要だ。それがないと、どうやっても買えない」

薬に関して日本は、以前より自由でなくなった。薬によっては、処方箋がなければ手に入らないものがあるが、抗生物質がまさにそれだった。

「めんどくせぇな。その前に少し寝る。俺、二日、全然寝てないんだ」

「こんな厄介なことをしないで、信頼してくれればいいのに。そうしたら薬を用意してあげられる」

「無理だって、何度言わせるんだ。それより兄貴が起きたら、どうすればいい？」

「傷の消毒をして、水を飲ませる。点滴も出来ないし、ビタミン注射も無理となると、スポーツドリンクでも薄めて飲ませるしかないか」

医学部時代から、薬というものはあって当たり前の状況だった。あらゆる検査も即座に行え、集中治療室に患者を送り込むことも日常茶飯事なのが救急救命だ。

何もない状態で、医療行為をした経験はない。さすがに松浦も、意識なく寝ている男の容態が不安になってくる。

「糖尿病とか心臓病、肝炎なんてやってないか？」

「知らねぇ。俺が知ってる兄貴は、病気なんてしたことなかった」

もの凄《すご》い勢いで食事を平らげると、祐司は炭酸飲料を一気に飲み干す。そしてまだ食事の終わっていない松浦を促した。

「さっさと食え。それが終わったら、交代で便所タイムだ。それから寝る」

「寝るって、どこで？」

「空気で膨らませるマットレス、買ってきた。安心しろ、ダブルサイズだ」

何がおかしいのか、そこで祐司は笑い出す。本当は笑えるようなことなど何もないのだ。

けれど極限状態に置かれているから、精神のバランスが崩れて、些細《ささい》なことでも笑ってしまうのだろう。

「ここはまだ、電気も水道もあるから……何とかなるさ。兄貴の分も、ベッド買ってきたけど、今動かしたらまずいだろ？」

「目が覚めたら、移動したほうがいい。あんなソファじゃ、落ちたら危ないだろ」

「ああ、そうだな」

「窓を開けて、少し換気しないか？　寒くはないだろう」

ブラインドもない窓からは、午前の光が室内を隅々まで照らしていた。それにつれて室温はあがり、男の流した血が嫌な臭いをさせ始めている。

「そうだな……臭《くさ》いな」

祐司は眠いのだろう、ぼうっとした顔で窓を見つめる。

「嫌な臭いだ……」

ぼそっと呟いた後、祐司はまた虚《うつ》ろに笑った。そして窓を少しだけ開ける。すると新鮮な外気が、遠慮がちに室内に流れ込んできた。

「先生はクールだな。おどおどしないし、腹、据わってる。男稼業で売ってるような男でもよ。銃、突きつけられると、小便ちびったりするやつもいるんだ」

「俺を殺したら、彼も死ぬ。それが分かっているから、ユウジはそう簡単には俺を撃てない。そうだろ？」

松浦は優しい笑顔で、そう静かに話し掛けた。

「そうか……だけど先生を撃って、代わりを連れてくるってのは？」

「無駄だ。二人目からは警察が動く。俺一人なら……そんなに騒がれない」

「マジかよ。病院で探されてるんじゃないか？」

「そうだな。探されているだろう。検死報告を出さないといけないし、入院させた患者はあまりいい状態じゃない。バイクに二人乗りしていて、百キロ近いスピードでブロック塀に激突した。後ろに乗っていた若者は亡くなり、運転していた彼は……肋骨と右足を骨折」

何か話していないと不安だからだろうか。本来なら無関係な人間に話していいことではないのに、松浦は思わずぽつぽつと語ってしまう。けれどそれを聞いている筈の祐司は、もう目を閉じてうつらうつらしていた。

「眠ったほうがいい。叫ばれるのが嫌なら、口を塞ぐのはいいが、出来るなら粘着テープよりタオルを使ってくれ。俺は皮膚がかぶれやすいんだ」

「んっ？　ああ、そうだ。寝よう……寝ないとな」

ふらふらの足取りで、祐司は破けたパーテーションを集め、事務所の一画に寝室を拵《こしら》えた。空気で膨らませたマットレスの上に、タオルケットと毛布を置いただけの簡単なものだったが、それでも寝袋にくるまっての仮眠よりは、ましに思える。

「シャワーもあるんだ」

そう言って祐司は、トイレに案内する。中にはもう一つ扉があって、狭いがシャワーブースがあった。

「後、二週間でこのビルは取り壊されるんだ。それまでの間に、兄貴を安全な場所に移さないといけない」

決意を語る祐司の顔は、大人の男の顔だ。時折見せる、少年のような表情との差は大きい。

「行く当てはあるのか？」

「ああ、うんと遠くへ行けばいい……。おれ達のことなんて、誰も知らないような遠くへ行けばいいんだ」

夢のようなことを語る時は、祐司の顔は少年のものになる。がらりと変わるその表情を、思わず松浦は凝視してしまった。

「心配すんな。そこまで先生に迷惑掛けねぇよ」

「だと嬉しいが」

明日には解放されれば、松浦も何とか病院に対して言い逃れが出来る。彼らと関わったことで、余計なトラブルに巻き込まれたくはなかった。

「トイレの時くらい、手錠外してくれ」

「何で……別に見られて困るようなもんでもねぇだろ」

「そんなに心配なのか？」

祐司を見ていた松浦は、そこで気が付く。

松浦が逃げることだけが、祐司を不安にしているのではない。男の容態が激変しないかとか、追われる原因となったトラブルとか、様々な問題が祐司にとって抱えきれないほどの不安になっているのだ。

だから誰かと繋がっていたい。

携帯電話で誰かと繋がっているのではなく、祐司は手錠という拘束手段を使って、よく知りもしない松浦と繋がっていたいのだ。

二人で交互に排泄《はいせつ》を済ませた。その後で松浦は、汚れた手洗いのシンクを示して言った。

「清潔第一だ。ここに石鹸《せっけん》と、手指を消毒するアルコールを用意しろ。彼を触る時には、真っ先に手を綺麗にすること」

「……分かった……。起きたら、もう一度、最初っから言ってくれよ。忘れるかもしれない」

「忘れそうになったら、メモすればいい。メモ用紙は買ってきたんだろ」

「ああ、ボールペンも買った……。だけど先生、助けてくれなんて書いて、窓からばらまくなんて考えるな」

「そういう手もあったな。言われるまで気がつかなかった」

松浦は笑うと、曇った洗面所の鏡に映った自分の顔を見つめる。

鏡に映った自分の顔を見るのは好きだ。昔からそうだったので、よくナルシストなのかと言われた。

確かに自分が好きなのかもしれないが、こうして鏡で確かめておかないと、自分が誰なのか時折分からなくなる。

松浦翼という個人は、いったいどこに置いてきたのだろうか。確かにここに自分はいるが、それはいつだって外科の松浦医師なのだ。

相変わらず鏡の中にいるのは、松浦医師だった。医者でない松浦なんて、彼らには必要のない存在なのだからしょうがない。

「兄貴に何かあったら、すぐに起こしてくれ」

「分かった。それと、すまないが歯ブラシとシェーバーが欲しい。こう見えて、いつも身綺麗にしていたいタイプなんだ」

「……ああ、分かるよ。おれもそうだ……。歯ブラシか……先生、腹、くくったんだな」

祐司の笑った顔が、鏡に半分映っている。それを見て松浦も笑った。

そうだ、腹をくくった。男の容態がどう変化するか見極めるまで、側にいてやるつもりでいる。

求められているのが医者なら、それらしく働くしかないではないか。どこで誰の為に医療行為をしようが、命を救うという大儀は同じなのだから。

祐司は松浦の顔を見ながら、眠っている間に逃げたりしないか考える。

大丈夫だ、手錠はおもちゃと違い強固な本物で、祐司の手にしっかり繋がれている。松浦の口をガムテープで塞ぐのは止めた。本当に少し赤くなっていて、どうにも気の毒に思えたからだ。

もう眠ったのか、松浦は目を閉じている。睫《まつげ》が長くて、優しげな色男だったんだと、改めて祐司は松浦をじっくり観察していた。

もっと暴れたり、泣き喚くかと思っていた。けれどそんな様子はまるでなく、こうして一緒に眠ってくれている。

とても男らしいとはいえない外見をしているのに、腹が据わっている松浦の様子に、祐司は尊敬に近い気持ちを抱き始めていた。男らしさとは何だろう。眠りに引き込まれるまでの間、祐司は考え続けていた。


父はいつも母を殴る。その後で、祐司のこともよく殴った。

顔面の形相が変わるほど殴られても、母は自分が悪いんだと泣いて謝る。そして父は、暴れるだけ暴れた後で、急に人が変わったように優しくなった。

祐司がいても構わずに、夫婦はいつももめた後には激しいセックスをする。そんな時祐司は、父の財布から金を抜いて、ゲームセンターか終日営業のスーパーに行った。

殴られている時は、あんな父など死ねばいいといつも思った。けれど母は、そう思っていなかったのだろう。誰かと喧嘩《けんか》でもしたのか、父が路上で刺されて死んだ後、母は泣いてばかりいた。

それから母は、中学生になった祐司を祖母のところに預け、一人で働き出した。たまに母のところを訪ねると、なぜかいつも違う男がいた。中には気まぐれで小遣いをくれたりするやつもいたが、どの男も母を殴っているのは明らかだった。

祐司には、どうしても母という人間が分からない。痛い思いをしなければ、男を愛せないのだろうか。それとも元々女というものは、殴られて興奮するのかなと思うようになった。

だから高校を卒業後、とりあえず金が欲しくてホストになったけれど、体の関係にまでなった客の女達を、殴ってしまうことが多かった。

そうしたら、女はすべて殴られたいわけじゃないことが分かってきた。中には殴られたことでキレた女もいて、たかがホストのくせにと罵倒《ばとう》された時には、今度は祐司のほうがマジでキレてしまった。

このままでは警察沙汰になる。恐ろしいことに、あんなに嫌いだった父に、日々似ていく自分の姿に祐司は怯《おび》えた。このまま女達の相手をしていたら、金は稼げても自分が駄目になっていくのは明らかだ。

三年いたホストの世界から、そろそろ足を洗おうと祐司は思い始めていた。

そんな時に、深夜の街中で毛利《もうり》と出会ったのだ。

客の女をタクシーに乗せ、見送った後だった。路上にぼんやりと佇《たたず》んでいたら、高級クラブから出てきた三人の男達の姿に気がついた。

高級そうなスーツを着ているが、崩れた雰囲気が明らかにヤクザだと思わせる。ホストなんてやっている男は、決して近づいてはいけない人種だ。バカにされ、時にはいきなり意味もなく殴られることだってあるのだった。

なのに祐司は、恐れずに男を見つめていた。側にいた若い男が、祐司の視線に気がついて、眉間《みけん》に皺《しわ》を寄せ近づいて来る。

「何見てんだっ」

いきなりすごまれたが、殴られるかなと思った瞬間、足早に近づいてくる姿があった。コートの袖で隠しているが、ナイフを握りしめているのは明らかだ。

狙《ねら》っているのは、三人のうち真ん中にいるリーダー格の男だろう。漆黒の髪を、オールバックに撫《な》でつけ、スーツのズボンのポケットに左手を突っ込んで歩いている。目つきは鋭く、何があっても動じないだろうふてぶてしさが感じられた。

祐司は思わず、突進する男に向かって蹴《け》りを入れていた。

周囲の状況を見ていただろう男にとっては、予想外のことだったに違いない。酔った女をタクシーに押し込んでいた、どう見てもホストにしか見えない無関係の男が、いきなり決死の攻撃の邪魔立てをしたのだから。

男はバランスを崩して倒れかかった。するとその手に握られていたものの正体が、三人の目にも明らかになってしまった。

「素人が歩いてる街中で、バカやってんじゃねえよ」

真ん中にいた男はそう呟きながら、ナイフを手にした男に自ら近づき、その腹を蹴りつける。そして巧みに背後に回り、腕をねじ上げてしまった。そしてナイフを奪い取ると、護衛に付いていただろう二人の男に、すぐに目配せをした。

男達は左右から襲撃者の腕を掴み、その耳元で何か囁いている。そして前方のパーキングに駐まっていた車の中に、無理矢理襲撃者を押し込んでいた。

祐司はその間、黙ってただその男の側に立っていた。もしかしたら襲撃者は一人じゃないかもしれない。あれは囮《おとり》で、他にもいたとしたら危ないと思ったのだ。

「兄さん、すまなかったな。若いもんがよ、誤解したようだ。俺達に注意しようとしてくれたんだろ？」

男は人懐っこい笑顔を向けてくる。

「まだいるかもしれません。油断したらまずいっすよ」

「ああ、そうだな」

そこで男は悠然《ゆうぜん》とスーツのポケットから煙草を取り出し、口に咥える。祐司は思わずライターを出して、火を点けていた。

「ここにいると巻き込まれるぞ。さっさと店に戻りな」

祐司の着ているスーツや髪型を見て、男には祐司が何をしている男かすぐに分かったのだろう。けれど祐司は、この時点で自分のいた店のことなど綺麗に忘れていた。

「教えてください。女は、殴られたら嬉しいものなんですか？」

何でそんなことを訊いたのだろう。しかもこんな時にだ。

「バカヤロウ、女は殴ったらいけないもんだ。後、年寄りとガキ、それに犬猫は殴るな。自分より弱い者を殴るやつは、男じゃねえよ」

相手にされないと思った。なのに笑いながら男は答えてくれる。

それが何より嬉しかった。

母を殴っていた男達とは違う、本物の男にやっと巡り会えたと思えたのだ。

「どうやったら、本物の男になれますか？　女を殴らない、本物の男になりたいんです」

「何だよ、面倒見て欲しくて……俺に誘いかけてるのか？」

その時、やはり祐司の心配したとおりに、数人の男達が走り寄ってきた。その様子は殺気立っていて、中にはすでに短刀を振りかざしているものもいる。

「あーあ、バカが頭に血上らせてよぅ。俺は娑婆《しゃば》に戻ってきたばかりなんだ。またまずい飯食うのはごめんだな」

男は余裕のある笑顔で、足を少し開いて身構えた。

「俺は鴨東《おうとう》組の毛利だ。ここでぱくられなかったら、面倒見てやってもいい」

今度は毛利のほうから、自ら名乗って祐司を誘ってきた。

車の中に閉じこめられていた襲撃者が、また外に引き出される。その顔面は、もうさっきの男と同一人物か分からないほど変形してしまっていた。車中で殴られていたのだろう。

襲いかかろうとする相手方に向かって突き飛ばされて、ぼろぼろになった男はよろよろと歩き始めた。それを合図に、新たな襲撃者との壮絶な殴り合いが始まった。

祐司もいつの間にか一緒になって戦っていた。体つきはがっちりしていて、背も高い。子供の頃から、喧嘩では負け知らずだったから自信はあったのだ。

相手がヤクザだろうと、怯《ひる》むということはなかった。むしろ全身の血が沸騰《ふっとう》し、興奮しているのが分かる。

タダ酒飲めて、女とやりたいだけやれて、金にもなると思ってホストになってはみたが、やはりあそこは自分の世界じゃなかったのだ。

女を殴るより、男を殴るほうがはるかに爽快《そうかい》だ。油断すれば同じように殴られるけれど、それでも殴ることに変な罪悪感なんて抱くことはない。

次々と向かってくる男達を殴り倒した。洒落たスーツは引きちぎれ、返り血を浴びてドレスシャツは赤く染まったが、そんなことはもうどうでもよかった。

射精するときの快感にも似たものが、全身に広がっていく。拳《こぶし》が血に染まるのも構わずに、殴って、殴って、殴り続けた。

もしかしたらいってしまったかもしれない。

そんな気がするほど気持ちがよくて、祐司はいつか笑っていた。

危険なほどの興奮を醒《さ》ましたのは、毛利が祐司の腕を押さえ、耳元で囁いてくれたからだ。

「それ以上やると、ムショ行きになっちまうぞ。そろそろ逃げないと、警察がやってくる」

そのまま毛利は、祐司の手を引き走り出した。そして入り組んだ通りを抜け、タクシーを捕まえて飛び乗った。

最初に告げた行き先を、毛利はすぐに訂正した。追われていないと確信したからだろう。

「いい根性してるな。だが熱くなり過ぎる。そういうのは、失敗の元だ。いつでも冷静、クールでいられねぇとな」

「……すいませんでした……」

「何でおまえが謝るんだ。助けられたのは、俺のほうだっていうのによ」

毛利はそこで、祐司の膝《ひざ》を優しくさすった。

「チンコがでかくてもな、それだけじゃ男にはなれない。金が欲しいんなら、今の仕事続けな。いい男だから、しばらくは稼げるだろう。黙っていても、女が勝手に足開くようなタイプじゃねぇか」

「けど、あそこにいるのは、クズばっかりです……」

「クズの中で、何年辛抱した？」

「三年です」

「たった三年か。もっとクズの中で、十年辛抱出来るか？ そうしたら……世の中がよく見えるようになる」

十年も先のことは考えられなかった。明日のこともまともに考えたことがない。けれど今のままでは、母を殴っていた男達と同じようなクズに成り下がる。

それだけは分かっていた。

「本物の男になりたいです。おれ、このままじゃ女殴るだけの男になっちまう。毛利さん、おれに、男になる方法を教えてください」

祐司は大まじめだったのに、毛利は可笑《おか》しそうにするばかりだ。けれどしばらく笑った後で、祐司の肩を抱き寄せて耳元で囁いた。

「俺に命差し出すくらいの覚悟はあるか？」

「……はい……」

「簡単に言うんじゃねぇよ。その気があるなら、態度で示しな」

「分かりました」

殴った時の酔ったような感じはまだ続いていて、祐司をうっとりさせている。毛利の側にいさえすれば、世界は変わるような気がしていた。

秋の日は暮れるのが早い。空が色を失い始めたのを見ていた松浦は、手錠で繋がれた祐司の体を揺すっていた。

「起きろ。そろそろ彼の傷口を看ないといけない」

「んっ……あっ、いけねっ、寝過ぎたか？」

祐司は慌てて飛び起きたが、手錠で松浦と繋がっていることを忘れていたようだ。松浦は大きく引っ張られて、祐司の体の上に身を投げ出してしまった。まるで抱き寄せられたようで、二人の体はしばらくもたもたと絡み合う。

「こんなもの使うからだ」

どうにも動きが悪い。何とか祐司の体の上から起き上がったが、男に抱きつくなんて恥ずかしいばかりだ。だが祐司は、そんな松浦の様子を気遣うような素振りをそれとなく示した。

「……ああ……よく寝た。先生は？　寝てたのか？　寝返り打てないから、きつかっただろう」

さらに松浦のことを心配してくれているのが分かって、思ったよりまともな男なのかもしれないと松浦は考える。

「一応、患者がいるからな。熟睡は出来ないさ。さっきから身じろぎしている。意識が戻りかけてるんだ」

「こいつは外すが、おかしなことすんなよ」

松浦が逃げないと思っても、祐司はそれがここでの約束の台詞のように、またもや同じ口調で松浦を脅した。

手錠は外される。しばらく手錠の跡をさすっていた松浦は、男の低い呻き声を耳にして、急いで手を洗いに行った。

「空いたペットボトル、上を切ってくれ。採尿するから」

「……」

祐司は情けない顔をしている。尊敬する男に対して、松浦がそんなことをするのが許せないとでも思ったのだろうか。

「ここには看護師がいない。だから医者の俺がする。病院だったら、当然、誰かがすることだ。排尿が困難だと、かなり問題だが、意味、分かるか?」

「ああ……何となく」

「だったら覚えておけ。人間は生きるのに、呼吸をすることと、水分を採って排泄することが、もっとも重要なんだ。飯なんてものは、何日か絶食しても問題ない。だが水が採れないと、体内が正常に機能しない」

「わ、分かった」

松浦は男に近づき、毛布とタオルケットを引きはがした。

「先生、まだいたのか……。素人に迷惑掛けるなって、祐司には言ってるのによ」

弱々しい声で言う男の顔色はかなり悪い。

出血はまだ続いていて、止血用のガーゼは真っ赤になっていた。

「マットレスに移動しますから。ユウジ君が鎮痛剤を用意してくれたけれど、これだけで治すのは難しいと思います。情けないけど、市販薬でもこれ以上は飲ませられないです。薬学苦手でね。資料がないと、どの薬品同士の組み合わせがアウトなのか分からなくて」

松浦が説明している間に、祐司はマットレスを膨らませた。その上に二人で男を移動する。傷が痛むのか、男は低く呻いた。

「消毒します。痛むでしょうが、耐えてくださいとしか言えません」

「どうってことねえよ」

強がっているのか、消毒中男は呻き声を出さなかった。けれど採尿のために、松浦が血で汚れたズボンを脱がそうとすると、あからさまに嫌そうな顔をした。その気配を察したのか、祐司は男の姿を見ないようにして、床の掃除を始めている。

「情けねぇな。何て様だ……。鴨東組の毛利って言ったら、みんな頭を下げるのによ。外国人は仁義も知らなけりゃ、秩序なんてものも知らない……」

男が自ら名乗ったのは、松浦に聞かせるためではない。恐らく痛みと、新たに発熱が加わって意識が混濁しているせいだ。

男の名前を知ってしまったことを、松浦は後悔した。後々、警察沙汰にでもなった時に、その名を口にするのは裏切りのように感じる。だから聞かなかったことにすると決めた。ここにいるのはただの患者だ。恐らく三十代の半ばくらい、それだけを知っていればいい。

「かなり熱が上がってるな。雑菌による感染症が疑われます。水は出来るだけ飲んでください。尿は出せますか？　痛みがあるなら言ってください」

「……やつら、ゴキブリみたいに、後から後から沸《わ》いてきやがる。警察はよ、何でやつらに甘いんだ」

松浦は毛利の下半身を裸にし、萎《な》えた性器を手にした。カテーテルがあれば、簡単に採尿を導ける。けれどこんな状況では、自ら出すのを待つしかない。

「昨日から、どれだけ出してますか？」

萎えていても、立派な大きさのあるものだった。これを使って楽しんだこともあっただろう。けれど今は、松浦につままれてぴくりとも動かない。

「このカマ野郎がっ！　何しやがるっ」

突然、毛利は松浦の顔を殴った。意識が朦朧《もうろう》としてきて、自分がどんな状況なのかも分からず、松浦の言葉がけも聞こえていないのだ。

すると慌てて祐司が声を掛ける。

「兄貴、その人は医者だよ。先生、いい、おれがやるから」

「平気だ。酔った患者に叩かれたり、殴られたりなんてしょっちゅうだ。馴れてる」

「医者？　そんなもん、どこから連れてきた？　俺に触らせるな……あっちに行けっ」

かなりまずい状態になっている。松浦はとりあえずズボンを戻し、体に毛布を掛けてやった。

「水を飲ませてやってくれ。熱が上がってる。熱冷ましのシート、嫌がらないようなら使って」

松浦はそう祐司に命じると、その場を離れてデスクの椅子に座った。

祐司がペットボトルにストローを差し込み、必死で水を飲ませようとしている。なのに毛利は、邪険に振り払うばかりだった。

「ああ、もううるせえっ。祐司、葉っぱだ。早く、吸わせろっ」

苛立った毛利に命じられて、祐司は無言で松浦に助けを求めた。大麻で痛みを忘れて静かにしてくれるなら、今はそのほうが救いになる。そう思って松浦は頷いた。

他に何もないんだと、自分に言い聞かせる。今のような医療技術のない時代、アヘンや大麻は麻酔薬として使われていたんだと、自分を納得させた。

「兄貴、葉っぱ吸ったら、少しでいいから水飲んでください。このままじゃかなりやばそうだ。あの先生は本物だ。間違ったことは言ってないから」

「カマ野郎が……俺のチンポをしゃぶろうとしやがった」

「違うんだ。兄貴、しっかりしてくれよ。先生は医者だから、シッコを調べようとしてくれたんだよ」

「祐司、誰に向かって口利いてる。いつから俺に意見する立場になったんだっ」

水を飲ませようとする祐司の手に、毛利は大麻の火を押しつける。それでも祐司は、その手をどけようとしなかった。

それを見ていて、松浦の胸は痛んだ。

踏まれても、蹴られて罵倒されても、じっと飼い主の側にいる犬のようだ。

祐司はどうして毛利のような男の側にいるのだろう。平常心の時の毛利は、忠誠を誓うのに相応しい男なのだろうか。

祐司は必死に毛利を宥《なだ》めている。思うようにならなくて癇癪《かんしゃく》を起こす患者相手に、こうして宥める家族の姿をずっと見てきた。けれど祐司にとって毛利は、家族と呼べる存在ではない筈だ。二人の間には、家族以上の絆《きずな》があるのだろうか。

松浦は、デスクの上に置かれたコーヒーの缶を手にする。そして飲んだ。

ふと、今なら、ドアから飛び出して逃げられるかもしれないと思った。

手錠は外されていて、祐司は毛利の機嫌を直すのに必死になっている。

なのに体が動かない。

自分が自由になることよりも、精神的に追い詰められた祐司を、慰めてやりたい気持ちのほうが強くなっていた。

しばらくすると、毛利は静かになった。意識を失うようにして、眠りに引き込まれていったのだ。

祐司は、倒れ込むようにして椅子に座り込むと、デスクの上に置かれた炭酸飲料を手にして飲み始める。

「火傷、消毒しておいたほうがいい」

「……どうってことねぇよ」

赤くなった右手の火傷に、ちらっと目を向けただけで祐司は無視した。

「火傷が化膿した手で彼を触るのは危険だ。医療関係者が、常に手袋をしたり、手を消毒しているのは、ただでさえ免疫力の落ちている患者に、雑菌を移してはいけないからなんだ」

「あ、ああ、そうだったな」

ふて腐れたような態度だったのが、雑菌と言っただけで途端に素直になっていた。祐司は子供のように、松浦に向けて手を差し出す。赤くなった箇所を消毒し、松浦は傷用テープで覆ってやった。そして最後に、励ますように祐司の手を軽く握る。

すると祐司は、松浦の手を強く握り返してきた。

「先生……マジで、兄貴やばいんじゃないか？」

「何度説明したって、言うことは同じなんだろ？　病院には行けない、そればかりだ」

「本当のこと言えよ。やばいんだろ」

「そう思うか？」

「思うさ……。さっきまでまともだったのに、いきなり言ってることがメチャクチャだ」

では、いつもはもう少し論理的に話せるということだ。年中、こんなに破壊的思考ではないらしい。それとも祐司にはそれがまともに思えるというだけで、本当はいつもおかしいのではないだろうか。

松浦は毛利に対して抱いた皮肉な考えを、消し去ることが出来ない。祐司の手に火を押しつけたのを見た瞬間、松浦は毛利に対して嫌悪感を抱いてしまったようだ。

「熱が出ている。雑菌に感染した可能性があるな。出血も止まらないし、このままじゃ傷口が癒着《ゆちゃく》するのにさらに時間が掛かる。体力があっても、自己免疫力で戦うのには限度があるんだ。そのために適した薬剤を投与して治すんだよ」

「どうすりゃいい？　薬、買えないんじゃな」

「水も飲まないんじゃ、ますます危ない。点滴、出来ればな……」

医者としては毛利を助けたい。けれど人間としては、松浦は毛利を助ける気にならなくなっていた。

あの男を助けたところで、どうせまた悪いことばかりするのだろう。そして祐司のような若者を、いいように利用して、駄目な人間にしていくのだ。

正義感なんてものは、とうに失ったと思っていた。なのに祐司への同情心からか、それともこんな状況に追い込んだ元凶であるためか、毛利への憎しみが訳もなく沸いてくる。

「点滴か……。また病院に行ってパクッてくるか」

祐司にとっては、それが最適な決断なのだろう。それしか思いつかないというほうが正しいのかもしれない。

「何でそんなに、あの男に対して忠実なんだ。ここで見捨てたって、誰も君を責めたりしないだろ。さっさと病院に連れて行き、その後で警察に逮捕されてもいいじゃないか」

「そうはいかねぇよ。命、狙われてる」

本当なら喋っていい内容ではないのだろう。けれど祐司は、言わずにはいられないのだ。

「兄貴から聞いただろ？　外国人ともめてるんだ。あいつらしつこいから、病院に入ったって安心なんか出来ない。下手すりゃ、他の入院患者に迷惑掛ける」

「最初から、そうやって説明してくれればいいのに……」

「先生が治療のこと説明しても、はっきり言っておれにはよく分からない。それと同じように、裏の世界のもめ事なんて、先生にいくら説明しても分からないだろ」

「想像力はあるつもりだけどね」

祐司はコンビニの袋の中から、カップラーメンを取りだして並べる。どうやらそれが今夜のディナーになるらしい。

「君も大変なんだな。家族とか、心配するような人はいるのか？」

「……婆《ばあ》ちゃんがいるけど、もう何年も会ってねぇな」

どれにすると指で示しながら、祐司はあっさりと自分のことを告白した。

「足が悪いし、口も悪いババァでさ。喧嘩ばっかりだったけど、飯だけは旨《うま》かった」

「どんな料理が旨かった？」

松浦は生麺《なまめん》タイプと書かれたものを指さしながら、さらに訊ねた。

「肉じゃがとか、そんなのだよ。パスタなんかは作ってくれないから、よく自分で作ってた」

「へぇーっ、意外だな」

「先生は料理とかすんの？」

「したことないな。俺の母は、あまり料理とか上手くなくてね。いつも冷凍食品か、売ってる総菜だった」

「まだ生きてるんだろ？」

そこで松浦は黙って頷く。自分の家族のことを口にするのは、あまり好きじゃない。けれどこんな時には、不思議と懐かしく思い出される。

祐司は立ち上がり、電気ポットでお湯を沸かし始めた。どうやら買ってきたばかりのようで、この事務所には相応しくないほどピカピカだ。

「あったかいコーヒー飲みたいだろ？　先生、コーヒーが好きなんだよな？」

「ああ、大好きだ」

「一杯ずつのドリップのやつ、買ってきたんだ。あ、カップがねえや。しまったぁ、紙コップでも買ってくればよかった」

こんな時の祐司は、素直で優しい少年のようになる。松浦は祐司がずっとこのままでいればいいのにと、つい思ってしまった。

「俺は子供の頃、心臓の心室に欠陥があってね。ぜんそくとアトピーもあったし、とても育てづらい子供だったんだ」

カップ麺の蓋《ふた》を開きながら、松浦は訊かれてもいないのに話し出す。

テレビもない。パソコンもない。雑誌も新聞もないこの部屋では、話すしかすることはなかったのだ。

「それじゃ大切にされたんだろうな」

祐司の声は、少し羨《うらや》ましそうに聞こえた。

「いや、そうでもない。姉がいるんだが、これが何でも出来ちゃう素晴らしい子供でさ。

いつでも家の中心的存在で……母はよく、俺なんて生まなければよかったと言ってた」

「ひでえな」

「そうだ、酷いだろ。入院していると、母は優しいんだ。だけど家に帰るとね。途端に冷たくなった。嫌われるのが嫌でね。夜中にぜんそくの発作が起こっても、一人で……耐えた」

松浦の脳裏に、綺麗な子供部屋が蘇《よみがえ》る。自分の部屋なのに、そこに戻るとなぜかいつも息苦しさを感じた。

こんなこと考えてはいけないのだろうが、松浦は今でも疑っている。

母は神が残酷な裁きを下すのを、内心望んでいたのではないかと。

「それでよく医者になれたな」

「うん、十五歳くらいから、不思議と体調がよくなったんだ。姉が外国に留学して、母も一緒に行ってしまった。そうしたら何だろう、呪《のろ》いが解けたみたいに元気になったんだよ」

母の代わりに、家政婦が来るようになった。無愛想な家政婦だったが、松浦のためにきちんと料理をしてくれるような人だった。味はたいしてよくなかったが、使う食材の数が多く、それが健康に繋がったのかもしれない。

「親父は？　何してんの？」

「民間航空会社のパイロット」

「ひょうっ、すげぇじゃん」

祐司は笑った。本心から凄いと思ったらしい。

「今はもう退職して、ハワイで暮らしている」

「母ちゃんと姉ちゃんも一緒にか？」

「いや、姉はパリにいて、母もそっちと一緒さ」

つまり母にとっては、自分の分身のような姉さえいればよかったのだ。パイロットだった夫も、外科医となった息子も、愛する対象にはならなかった。

「なぁ、そんな母ちゃんと姉ちゃんだと、殴りたくならなかったか？」

カップ麺に湯を注ぎ入れながら、祐司は恐ろしいことを訊いてくる。

「殴りたくはなかったけど……俺の目の前から消えてくれとは思ったな」

「やったじゃないか。願いは叶ったな」

「……ああ、叶った」

そして松浦は、仕事に逃げる。生まれてこなければよかったのになんて、よくも言ってくれたものだ。今もこうして、人の命を助けようとしている。たとえ相手がヤクザで、目下のものの人格を踏みにじるようなやつでも、助けようとしているのだ。

「旨い飯、食いてぇなぁ。兄貴は好き嫌いが多いから、いつもステーキとウナギと寿司のローテーションなんだよ」

「それは羨ましい」

「けど、毎日じゃ飽きる。たまに組長の席に呼ばれると、焼き肉だの懐石だの食えるけど、滅多にねぇからな」

何だろう。不思議な和が出来上がりつつある。二人はまるで昔からの知り合いのように、カップ麺を仲良く啜《すす》っていた。

けれど油断は出来ない。目に付くところに、未だに手錠は転がっていた。

「兄貴はイタ飯とか中華嫌いなんだよ。カップ麺とかはさ、人間の食うもんじゃねぇと思ってるらしい」

「そうか……創業者の会長は、毎日一食は必ず自社製品を食べてるらしいぞ」

「へぇーっ、よく飽きないな」

あっという間に一つを平らげた祐司は、今度は焼きそばに挑戦している。この大きな体では、いくら食べても足りないのだろうか。

「ウナギと寿司とステーキか。血中の中性脂肪値が高そうだな。血圧も高そうだ」

すっかり静かになってしまった毛利を見ながら、松浦は呟いていた。

「彼は酒もかなり飲むんだろうな？」

「ああ……飲むよ。だけどべろべろに酔ったところは見たことがない」

「大酒飲みか。だったら肝臓も危ないな」

こんなふうに撃たれれば、場合によっては死ぬこともある。失敗して逮捕されれば、何年も刑務所に収監されることになるだろう。

だからヤクザは、刹那的《せつなてき》に生きると聞いた。

好きなものを食べ、酒を飲み、ギャンブルや荒れた性生活で、自身の肉体を少しずつ殺していくのだ。

そのつけが、こんな時にはまとめて回ってくる。

「ユウジ、彼を本気で助けたいか？」

「当たり前のこと聞くな」

ユウジは怒ったように言うが、その顔にはまた不安が広がっている。滅多に酒にも酔わないという毛利が、譫言《うわごと》を口走っている。それはかなり危ない状態だということが、祐司にも身に染みて分かってきたのだろう。

「ユウジ、約束してくれ……」

「何を？　帰してくれって言われても、そう簡単にはいかねぇよ。兄貴の様子みりゃ分かるだろう。先生がいなかったら、どうなるか分からないんだぞ」

「そうじゃない。今から、一緒に病院に行こう。俺がいたほうが怪しまれずにすむ。俺を信じて、騒がずに付いてくると約束してくれ」

自分が何を言っているのか、松浦にはもう分からなくなってきていた。そこまでして助ける価値もない男のために、なぜ危険を冒《おか》すつもりになっているのだろう。

「先生……おれがバカだから、そんな手に引っかかると思ってるのか？」

祐司は冷笑を浮かべ、松浦を見つめる。少年らしさは消え、そこにいるのはいかにもヤクザな感じの若者だった。

「バカだなんて思っていない。どんな理由があるのか知らないし、やり方は褒められたものじゃないが、彼を何とか助けようとしている姿勢は立派だ」

「褒め殺しかよ」

「いいか、よく聞け。病院に窃盗に入って、ユウジが逮捕されたらどうなる？　俺は手錠に繋がれ、彼と一緒にここで死ぬことになるかもしれない。そんなのは嫌だ」

祐司は全く松浦を信用していない。顔つきはどんどん険しくなっていく。

「そのまま逃げるつもりだろ？」

「患者を見捨てて逃げることはしない。ユウジの言うとおりだ。俺がいなければいないで、誰かが業務を引き継ぐ。慢性的な医師不足で、みんな死ぬほどの激務をこなしているなんてことは、ユウジには関係ないことだとしておこう」

経験の少ない新人や、研修医ばかりになった救急救命を考えるだけでも恐ろしい。けれど松浦が文句も言わず働いてきたせいで、病院側は欠員に対する配慮を怠《おこた》っている。

救急救命の内科には二人の医師がいるのに、もっとも忙しい外科には研修医と松浦だけだ。どうしても手が足りない時だけ、宿直担当の外科医が助けてくれることになっている。

　あと一人、いや二人外科医を雇い入れて欲しい。ついでに内科医も入れて、産婦人科医と小児科医を増やす努力をして欲しい。けれど病院長は、高額な医療器具は購入しても、人件費は多くは出さない主義なのだ。

「このままじゃまずいのは分かるだろ？　点滴と薬を用意したいが、俺なら即座に何が必要か分かる。それと、俺が出勤していないのに、一週間も車が駐車場にずっとあったら不自然だ。犯罪に巻き込まれたと疑われる……ま、実際に巻き込まれてるんだが」

　そこで松浦は自嘲的に笑った。

　この異様な事態を、楽しんでいる自分がいる。目に入る世界が現実的でないせいか、まるでゲームのように楽しんでいたのだ。

「まずは車を移動しよう。点滴や薬品を盗んでも、発覚するのはずっと後だ。それだって誰かが、使用のチェックを怠ったってことで処理される。劇薬でない限り、あそこは管理がずさんでね」

　たとえ病院に戻ったところで、今夜は仕事が出来ない。責任感はあったつもりだが、このまま仕事を放棄することに、不思議と罪悪感はなかった。

　病院に外科医が不在なら、交通事故の患者は他の病院に運び込まれるだろう。幸いなことに、受け入れられる病院はいくつかあった。

明日以降は、松浦が不在となったら、病院側が何とかする筈だ。

自分がいなくなっても、あの病院が潰《つぶ》れることはない。ただ何人かの同僚に迷惑を掛けるだけだった。

「一週間だ……。その間に、何とか治してみせる。俺は……失職するかもしれないが、ここで殺されるよりはましだ」

「先生は頭がいいな。そうやって上手く俺を乗せて、病院まで連れ出す気だ」

「そんなに人間を信用出来ないのか？　だったら、二人して彼の症状がどんどん悪化するのを、静かに見守ることにしよう」

最善を尽くしても、亡くなる命はあるのだ。何も出来なかったら、当然死ぬ確率は高くなる。

自分としてはもっともいい方法を提案したつもりなのに、拒否されて松浦は一気に意欲を失ってしまった。

「温かいコーヒーが飲みたいな。あれでまた俺をどこかに繋いで、買い物に行ってくれ。薬局で売ってる傷薬を、山ほど買ってくるといい。何もしないよりはましだろう」

手錠を示しながら、松浦は自棄《やけ》気味に言う。

「彼が死んだら、どうせ俺も殺すんだろ？　俺は子供の頃に病弱で、いつ死ぬか分からないと言われ続けた。生き延びたら、人の役に立つ仕事をしろと父に命じられてね。それでそこで松浦は、手錠がすれた跡が赤くなっているところをさすった。祐司に親しみを感じ始めていたから忘れかけていたが、自由を奪われていることが、これを見ていればよく分かる。

「八年、救急救命で働いて、その間に何人も救った。もちろん救えなかった命もあるが、救ったほうが多いと思う。だから……もう義務は果たした。十歳で死んだとしたら、二十二年も余計に生きたことになるからな。おまけとしてはよかったよ」

「俺に同情させようって言うのか」

祐司は二本目の炭酸飲料を飲みながら、抑揚のない声で言う。

「そうじゃない。言いたいことを言っているだけだ。ここで嘘や綺麗事を言ったからって、状況が変わるわけじゃないだろ？」

松浦は祐司をじっと見つめる。昨日までは、全く知らなかった男なのに、なぜか何年も付き合ったような気がして親しみを感じていた。だからこそ、自分の誠意が理解されずに悲しかったのかもしれない。

「彼とはどこで知り合ったんだ？　兄貴分なんだろう？　俺には君達の世界のことはよく分からないが、やはりただの職場の上司なんかとは、感覚が違うんだろうな」

間違った上司の下で働く部下は、苦労や損をすることになる。普通の社会人なら、そこで退職して人生をやり直せるが、ヤクザとなるとそうもいかないのだろう。

祐司がもし不幸だったとしたら、毛利と出会ってしまったことが原因だと松浦には思えた。

「おれは男になりたかったんだよ。本物の男にな……」

祐司はそこでコンビニの袋から煙草を取り出し、封を切って一本を抜き取った。

「吸うのか？」

「兄貴のだ……。今は、吸ってない」

「だったら止めておけ。この部屋は、あまり換気がよくない。彼にも、元気になるまで吸わせないほうがいいよ」

そこで祐司は、素直に煙草をくしゃっと折ってしまった。

「親父がひでぇ男でよ。おれ……いい男の見本ってやつが、よく分からないんだよ」

「……」

ここはただ頷くしかない。松浦にとって、男の見本なんてものがどんなものか、想像することも出来なかったからだ。

「つまんないことですぐにぶち切れて、おれやオカンを殴ってた。なのに喧嘩して、腹を刺されて死んじまった……。病院に呼び出されて行ったけど、そうだな、先生みたいな感じで、もう少し年取った医者がいて……あんなつまんない男なのに……まるで親父が本物のいい父親だったみたいに、お父さんを助けられなくてすみませんって、頭下げやがった」

祐司はまた煙草を抜き取り、それを半分に折っていく。煙草を吸いたいというより、これは自分を落ち着かせ、脳内を整理するための儀式なのだろう。

「バカな親父が死んで、おれは嬉しかったけどね。何でかな、オカンはまた似たような男ばかり選ぶんだよ。働かないくせに、女をすぐ殴るようなやつ。オカン、マゾなんだろうな」

またもや祐司との距離が近づき始めた。

近づいたと思ったら遠ざかる。その姿は、人を簡単には信じないけれど、まだどこかで愛を待っている、元は飼い犬だった野良犬に似ている。

「マゾっていうより、依存症なんだ」

「先生、おれ、頭悪いんだけど。そういう難しい話をすんなよ」

「頭が悪いと、自分で決めつけるな。学校の成績と、生きるために使う頭は違ってる。ユウジが所属する組織で、それなりの地位にいるなら、バカじゃない証拠だ」

再び祐司に、少年のような表情が戻ってきた。その顔を見て、松浦はつい本音を口にしてしまった。

「そんな表情をしていると、いい男だな」

褒められることに弱いらしい。祐司はまたそこで笑顔になる。

「よせよ……いい男だってのは、自分でも分かってるさ。けどな、問題は中身だろ？　頭、悪いから、他に男で売るのには根性見せるしかない。そうやってたからかな、今じゃ、兄貴についてる舎弟の中では、トップになった」

そんなことでも祐司にとっては誇りなのだ。目には生気が蘇り、声はずいぶんと明るくなっていた。

「なぁ、依存症って何？」

そこで祐司は、再び話を戻す。そしてまた煙草を取り出し、器用に左手の指に挟んで折り始めた。もしかしたら禁煙する時に、こうやって吸ったことにしていたのかもしれない。

「煙草や麻薬、アルコールに依存するように、体や心に悪いと分かっていても、何かに頼ることだよ」

「男に頼るってことか？」

「少し違う。こんなバカな男には、自分しかいないと思うことで、生き甲斐《がい》を見いだすんだ。だから相手が愚かであればあるほど、生き甲斐は増す……肉体の痛みが好きなんじゃなくて、痛みに耐えている自分が好きなんだ」

説明の仕方が悪かっただろうか。祐司はしばらく考え込んでいた。もしかしたら自分の身に置き換えて想像しているのかもしれない。

愚かな毛利を助けることを、自分の生き甲斐にしている。自己犠牲に酔った自分の姿に、母親を重ねているのかもしれない。

「分かりづらい説明ですまない。心理学はあまり得意じゃないんだ。俺は外科医だから、大怪我した酔っぱらいの治療はするが、根本の問題であるアルコール依存症までは治療出来ない。分かったようなことを言ってすまなかった」

「いや……何か、分かった気がする。そうか……ヤクと同じってことか。駄目な男を支えるのに酔うのか。オカンはそれだよ。すごく納得した」

祐司はそこで立ち上がり、いきなり話題を変えた。

「シャワー浴びる。ついでに髪、染めるから手伝ってくれ」

「えっ？」

「この頭じゃ目立ちすぎる。それぐらいはおれでも思いつく。さっさと脱げよ」

思いついたら行動に移すのが早い祐司は、すぐに着ているものを脱ぎ始めた。

「病院に行く。先生の言うとおりだ。このままじっとしていても、兄貴がよくなる筈はない。ヤバイってのは、おれでも分かる。とりあえず、先生を信じることにするよ」

「ありがとう……」

「けど、おれにはよく分からない。先生、マジで病院に行った後、ここにまた戻って来る気があるのか？」

「教えても、ユウジに点滴は扱えないだろ」

そうだ、またここに戻って来るのだ。

自由の欠片もない。

観てしまってから、そのあまりのくだらなさにいつも後悔してしまう、テレビのバラエティ番組すらここでは目に出来ない。

ネットに入って、他人の呟きを覗くこともなければ、買う気もないのにオークションを眺めることも出来なかった。

なのに戻るのだ。

犯罪を行っているだろう、ヤクザの男を助けるために。

「先生、いくら欲しい？」

祐司の申し出は、とても魅力的だった。百万、あるいは二百万と言っても、すんなり出すような気がする。

仕事を辞め、二百万持って南の島に行くというのはどうだろう。とても魅力的に思えるが、なぜか一人では行きたくなかった。

「ほらっ、脱げよ」

ぼんやりしていたら、祐司の手が松浦のシャツに伸びてきている。

「何で一緒に入るんだ？　またあの手錠で、繋いでおけばいいだろ」

「髪、染めるんだ。手伝えよ」

「……」

「服に付いたら困るだろ。後で買ってやるけど、今はこれしかねぇんだから」

「あっ、ああ、そうだったな」

素っ裸になった祐司の体には、毛利と違って入れ墨はなかった。引き締まった綺麗な体をしている。その腕には、薬物を使用しているような跡もない。

「んだよっ、染めてから十五分以上放置かっ」

髪を染めるムースタイプのボトルを手にして、祐司は文句を言っている。

「その髪はどうやって染めたんだ？」

「バーバーで……兄貴は髪型にうるさいからよ。いつも兄貴がやってる時に、一緒にやってもらってた。自分でやるのは初めてだ」

「意外だな。高校時代から染めてるのかと思った」

松浦はまだズボンが脱げず、上だけ脱いだ姿で説明書を読む。付属の手袋と櫛で、髪になじませるだけの簡単なタイプだった。

「高校はずっとボウズだった。負けっぱなしの野球部でよ。これでも四番、打ってたんだ」

「それは凄いじゃないか」

父親に虐待されていても、そこまではまともだったのだ。ではどこで、祐司の人生は狂っていってしまったのだろう。

「プロ野球のスカウトとか来なかった?」

「来るわけねぇだろ。代わりに、新宿でホストにスカウトされたけどよ」

自嘲的に祐司は笑う。それで簡単に謎は解けてしまった。

つまり祐司は、金の誘惑に負けたのだ。

「女の子にもてただろう?」

「ああ、だけど駄目だ。女と一緒にいると、殴りたくなってくる」

「……それはまずいな」

負の連鎖だ。受け継がなくていいものを、なぜか人は受け継いでしまう。ここでやっと祐司が男になりたいと言った意味が、松浦にもよく分かった。

女を殴るなんて、決して男らしい行為ではない。祐司はそれが悪いことだと自覚していただけ、救われていたのかもしれない。

立派な性器が目に入って、松浦は思わず視線を逸《そ》らす。そんなものは見慣れていたが、祐司は患者ではない。やはり直視するのは憚《はばか》られた。

「何だよ、先生、そっちなのか?」

祐司は臆《おく》することなく、堂々と自分のものを晒している。むしろその様子は誇らしげだった。

「そっちでも俺は構わないけどな。しゃぶりたいか?」

そのものに手を添えて、祐司は誘うような仕草をする。けれど松浦は、小さく首を振った。

「残念ながらノーマルだ。と、言っても、ほとんど経験はないけどね」

「何で？　医者はもてるんだろ」

そう言いながら、祐司は松浦のベルトに手を掛ける。それを押し戻して、松浦は自分で脱ぎ始めた。

その途中、気がついたら手錠を填められていた。そんなものを付けられたらと、ここで再び抗議しようかと思ったが止めた。

これがここでのルールなのだ。祐司にとって無防備となる時間は、すべて手錠で松浦と繋がっていないといけない。松浦にはそれを阻止する権利はないのだ。

だが、裸になって繋がれると、何とも気恥ずかしい。性的なプレイをしているように見えてしまう。

狭いシャワールームで、祐司は床にしゃがみ込む。その頭に、松浦はヘアカラーのムースを塗りたくった。そうしている間、松浦の性器は祐司の顔の前で揺れている。生殖行為で使われることのない性器は、すっかり縮こまっていた。

祐司は何を思ったか、松浦の性器を指先で弾《はじ》いて笑っている。さすがにそんなことをされると、松浦も苛立った。

「止めてくれ」

「小さいからって、いじけることはねぇよ」

「別に困ってないから、それでもいいさ」

「使ってないからか?」

「ああ、使ってない。使い方も忘れた」

 祐司の短い髪は、すぐに染まった。松浦は薄いビニールの手袋を外すと、不自由な動作で手を洗う。

 十五分から三十分、その間、二人で何をしていればいいのだろう。松浦はまず提案した。

「俺から先に、シャワー浴びていいかな」

「んっ……その前に、俺の体洗ってくれよ」

 どうせ髪を洗うんだからと言いたかったが、祐司の体からは饐えた汗の臭いがした。きっとここ数日、シャワーを浴びる余裕もなかったのだろう。

「ボディタオルとか、ソープはないのか」

「ねぇよ。石鹸が一つあるだけだ。面倒だから、手で洗って」

「……」

 汚れて乾いた石鹸を手渡された。泡立てるのも大変だ。シャワーの湯で手を濡らし、どうにか柔らかくして、まずは立ち上がった祐司の首筋を洗った。そして広い背中、脇の下、筋肉の盛り上がった胸を洗っていく。

「タオルがあったのに、使えばよかったな」

そんなことも忘れていたと、松浦は虚しく笑う。何もこんな面倒なことなどしなくても、松浦を手錠で繋いでおいて一人でやればいい。何度も同じことを考えたが、やはり祐司はこうして松浦と繋がっていないと安心出来ないのだろうと思うと、邪険に扱うことが出来ない。

下半身は自分で洗ってくれと言いたい。松浦の手が止まり、躊躇《ちゆうちよ》していることに気がつくと、祐司は声を荒げた。

「ちゃんと全部洗ってくれよ。あんた医者だろ。男の裸に触るのなんて、慣れてるだろうに」

「ああ、患者だと思えば、どうってことはない」

むしろいつも見ている裸は、こんなに綺麗なものではなかった。血で汚れていたり、裂傷でぱっくりと皮膚が開いていたりする。

「女の裸も見るんだろ？　そういう時、興奮しないのか？」

祐司は下卑《げび》た様子で聞いてきた。

「しないね。患者はあくまでも患者だ。しかも救急救命には、死にそうな患者ばかりが来る。一刻を争っている時に、そんなことは考えない」

けれどそんな生活が、セックスを遠ざけているのかもしれない。純粋な欲望を見失ってから、もう何年にもなる。そして同じ年月だけ、人を愛する気持ちも遠のいていた。

石鹸を手に泡立て、祐司の性器を洗った。なるほど、治療でもしていると思えば、そんなに苦ではない。ふと松浦は、女性の看護師達は、性器をただの肉体の一部だと達観するまで、何年かかるのだろうかと思った。

「んんっ……」

困ったことに、洗い方がほどよかったのだろうか。祐司の性器が堅くなり始めた。ある程度予測は出来たことだが、松浦は迂闊《うかつ》にも忘れていたのだ。

「風俗のサービスじゃないんだ。変な気を起こさないでくれないか」

「しばらくソープも行ってねぇよ。ああ、思い出しちまったな」

「そんなものは思い出さなくていい。しっかり現実を見てくれ。相手にしているのは誰だ。俺はユウジの大切な兄貴を、助けるために呼ばれた医者だ」

「だからどうなんだ……ぬるぬるして、いい気持ちだな。先生、もっと続けてやってくれよ」

「断る」

松浦は手を離し、怒りに肩を震わせる。

一つ譲歩すると、次々とまた欲求が持ち上がる。この調子では、際限なく膨らんでいきそうだった。

「いいじゃねぇか。減るもんでもねぇしよ、先生が妊娠するわけでもないんだ。俺に優しくしてくれよ」

逃げたくても、手錠で繋がれていた。松浦は唇を嚙みしめながら、祐司から顔を背けて自分を落ち着かせようとした。

「なぁ、やってくれ、先生。でないと、頭に血が上る。先生を殴りたくないんだ。分かってくれよ。このままじゃ」

振り向くと、祐司の顔つきが変わっていた。

「自分の思い通りにならないと、いつもそうやって暴力をふるうのか？」

「ああ、そうだ。それしか、俺には出来ない」

「出来ないんじゃない。違う方法を試さないだけだ」

「どんな方法があるっていうんだ」

愛されれば、こんなことは簡単に手に入る。けれど祐司は、女を心底愛することが出来ない。幼い頃から埋め込まれた、愛は暴力と紙一重のものだという意識が邪魔して、つい手が出てしまうのだ。

「俺は怒ってるんだぞ。こんな要求は理不尽だ」

「怒るなよ、先生。勃《た》っちまったものはしようがないだろ。気持ちよく出してくれ」

「……」

「ああ、分かった。それじゃ、先生、悪いがケツからやっちまうぞ。男だって、押し倒せるのは知ってる。やったこともあるんだから」

それはもっとまずいだろう。さすがに松浦にも、そこまでの覚悟は出来ていなかった。

それならまだ手でやってしまったほうがずっといい。

「分かった……分かったから、それ以上何もするな」

結局は流されてしまう。だが松浦は、所詮《しょせん》哀《あわ》れな虜囚《りょしゅう》でしかないのだ。逆らうことは許されず、二人の距離が近づいたと思えても、まるでゴムのようにすぐに離れていってしまう。

ぬるついた手で、祐司のものをこする。それだけのことだ。ついでに袋の周りから、裏側の部分まで綺麗に洗ってやればいいだろう。子供の体を洗うと思えば、どうということもない。

覚悟を決めて、丁寧に祐司のその部分を洗った。先端までの間を、何度も何度も往復する。

「もっと上手くやれよ……いらつく」

「だったら自分でやれよ」

「なぁ、自分でしたことくらいあるだろう。それと同じにやればいいんだ」

「ああ、分かった。やればいいんだろ、やればっ」

相手のことを思って、優しくすればいいだけだ。そんな簡単なことなのに、虜囚はつい反抗的になる。何でも唯々諾々と従っていたら、いつか自分を失いそうで怖いからだ。

松浦は目を閉じて、手にしたものが自分のものだと考える。そして自分を楽しませる方法を思い出していた。

「ここしばらく、こんなこともしていない。毎日、疲れていて、泥のように眠るだけだから」

ぽつんと呟きながら、松浦は律儀に手を動かす。そうしているうちに、祐司のものがかなり怒張していくのを感じた。もう少しで射精するだろう。祐司の体は弛緩《しかん》し、目を閉じ、荒い息をしているから、終わりが近いのがはっきり感じられる。

手錠で繋がれた手が、思わず握られた。ふと松浦は、誰かの手を握らずにはいられなかった、産婦のアリシアのことを思い出す。アリシアは苦しみから救われたかったのだろうが、祐司はいったい何を求めているのだろう。

「ああっ、たまんねぇっ。気持ちいいっ」

そう叫ぶと、祐司は松浦の手の中に、白濁した精液を思い切り漏《も》らした。松浦はシャワーで、他の汚れと一緒に洗い流す。これでどうにか役目は果たせたようだ。

祐司はしばらくぼんやりしていたが、そのうちに笑い出した。何がおかしいのか、一人

で体を揺すって笑っている。

松浦は石鹸をこすりつけ、どうにか自分の体を洗った。髪も洗いたかったが、シャンプーがないのは致命的だった。

「先生……終わったら、今度はしゃぶってくれよ」

松浦の動きを見ながら、祐司は恐ろしい要求をしてきた。やはり一度許すと、際限なく要求は膨らんでいくものらしい。

最初に断れなかったことを、今更のように後悔しなければならなかったが、そこで自分でも予想外の反抗の気概が沸き上がった。

「食いちぎってもいいか？」

「何だよ、可愛くねぇな」

「可愛くなくて結構だ。俺達はこれから何をするんだ？　病院に行って、薬を盗んでくるんだ。俺に裏切られたくなかったら、これ以上俺を怒らせないでくれ」

シャワーノズルを祐司の手から奪い取ると、松浦はまず自分の体を流し、続けて祐司の髪を洗った。金色に近い明るい髪が黒くなっている。それだけで祐司の印象は大きく変わり、気が強そうではあるが、普通の若者のように見えた。

「まぁ、いいや。気持ちよかったから」

まだ未練がありそうな祐司の体を流し、引っ張るようにしてシャワーブースから出た。

すると毛利の低い呻き声が聞こえてきた。

祐司は慌てて松浦を引きずり、毛利の側に駆け寄る。

毛利は汗を流し、苦しげに何か呟いていた。

「誰のシマだと思ってやがんだ……でけぇ面しやがってっ」

そんなふうに松浦には聞こえる。きっと撃たれる前の状況を思い出しているのだろう。

さらに毛利は手を振り回し、奇声を発して暴れ始めた。

「兄貴、大丈夫だ。落ち着いて」

部屋はすっかり暗くなってしまったが、祐司はあえて灯りを点けない。もしかしたら追跡者に発見される危険があるのだろうか。

暗いせいで余計に、毛利はここにいるのが現実か分からなくなってしまったようだ。譫言は増し、苦しげに叫び続けている。

「先生……病院に行こう。いない間、兄貴、大丈夫かな……」

「動けないように縛っていったほうがいい。そうしないと、意識が混濁しているから、起き上がってここから出ようとするかもしれない。傷口が開いたら危ないぞ」

「縛るのか?」

二人が見ている目の前で、本当に毛利は体を起こそうとし始めた。祐司は急いで松浦と繋がっていた手錠を外した。そして起き上がろうとする毛利を、何とか押さえつける。

「兄貴、駄目だっ。起きたら傷が開いちまう」

祐司は慌てて血だらけの晒しを手にして、それでぐるぐると毛利の体を縛り始めた。

「この野郎っ！　俺を誰だと思ってやがるっ。鴨東の毛利だっ。てめぇ、ただで済むと思うなよっ」

「我慢してくれよ、兄貴。このままじゃ、傷がまた開いて、血が出ちまう。輸血とか出来ないんだ、分かってくれよ」

必死に宥める祐司のことを、毛利はもう誰だか分かっていない。その胸ぐらを摑もうとするが、裸だったので摑むような場所はなかった。

「このカマ野郎。俺に、何しようってんだっ」

「えっ……あっ、そうか。髪、黒くなったから分からないんだ。兄貴、俺だ、祐司だよ。今から、薬を取りに行ってくるから、頼む、大人しくしててくれ」

暴れる毛利を縛り上げると、祐司は最後に口をタオルで縛った。毛利は恐ろしい形相で、そんな祐司を睨み付けている。痛みに負けない気力だけは、松浦も驚異に感じるほどだった。けれど意識の混濁は激しく、それが余計に毛利を危険な状態に追い込んでいた。

こんな時に見る夢は、いつだって悪夢と決まっている。毛利にとっては、現実のほうが悪夢のようなものだったのかもしれないが。

毛利の異様な様子を見ているると、祐司は自分が責められているように感じた。松浦を利用して、一瞬だが快感に溺《おぼ》れた。あろうことか松浦に惹《ひ》かれているのを感じる。それを毛利は、祐司の裏切りだと感じただろうか。

舎弟となったからには、何があっても毛利のことを最優先に考えなければいけない。そう教え込まれていたのに、差し出された松浦の優しい手につい甘えたくなってしまう。

祐司は毛利と過ごした日々を思い出す。そして毛利が、どうやって祐司を導いてきたか、また改めて心に焼き付けないといけないと思った。

拾われてから数カ月して、祐司は正式に毛利から盃《さかずき》を受けた。毛利の直の舎弟となったのだ。

そして毛利の側にべったりとくっついて、一カ月、半年、一年と過ごすうちに、祐司にも毛利という人間が分かるようになってきた。

ともかく見栄を張る男なのだ。確かに稼いではいるが、使うのも派手だった。手元に金がなくても、最高のものを求める。そしてヤクザのくせに、どこでも最高の待遇を望んだ。

肩で風を切る、まさにそんな感じでいつも毛利は歩いている。どこから見てもヤクザにしか見えないが、むしろそれすら心地いいのかもしれない。

けれど少しでもメンツを潰されたと感じれば、相手が誰であろうと喧嘩を吹っかけるから、祐司はいつも毛利を守るのに必死だった。

初めて毛利を見かけた時と同じで、常に誰かに命を狙われている。つまらない喧嘩が元で、毛利に恨みを抱いている人間が、それだけ多かったということだ。

だから毛利は、バーバーに行くのもいつも閉店後だった。もっとも無防備な状態になるカットやひげ剃《そ》りの時に、バーバーに他の客がいるのが嫌なのだ。隙《すき》がある状態で狙われたらと心配しているからだろう。

理由はそれだけではなかった。実は毛利は、そういった無防備な姿を、人に見られるのを病的に嫌うのだ。まるで初めてデートした女の子のように、客を前にしてトイレに立つこともなかったし、酔って乱れた姿を見せることもなかった。

独特の美意識が、毛利にはあるのだ。常に男らしく、恰好のいい姿しか人には見せたくないと思っている。そんな毛利の裏側を見ているのは、祐司しかいない。

そのことで祐司は、自分が毛利にとって特別の存在になれたのだと嬉しく思ってしまう。だからバーバーでも、他の下っ端の舎弟に外を見張らせ、祐司だけが店内に入れることを、栄誉だとすら思っていた。

顔なじみのその店は、毛利のためだけに閉店後営業を続ける。祐司は店の入り口近くにある椅子に座り、漫画雑誌を読みながら待っていた。

すると毛利は、何を思ったのか鏡越しに祐司を見ながら言った。

「祐司、髪、染めたらどうだ。何か、そのままじゃ迫力ねぇよ」

「えっ……」

「マスター、見習いでも誰でもいいからよ。あいつの髪を染めて、短く切ってやってくれ」

「毛利さん、まずいっすよ。見張り、いないと」

「外にも見張り、置いてるんだろ？　だったら大丈夫だ」

それはほんの気まぐれで、優しさとは別ものだ。毛利にとって祐司は、見栄えのいい番犬でしかない。より見栄えをよくするために、飼い主が犬の耳や尾をわざわざカットしたり、服を着せるのに似ている。

体つきもがっしりしていて色男の祐司が、毛利の言うことならどんな無理でも黙って従うのが、毛利にとっては嬉しいのだ。祐司がよく出来た舎弟でいればいるほど、そんな男に傅《かしず》かれる自分の株が上がる。

祐司は髪を染めた。するとよりワルな雰囲気が出て、顔つきにも凄みが増した。

毛利は本物の男の筈だ。だから毛利に従っていれば、決して間違いはない。これは男になるために、必要な変身なのだ。

効果はあったのだろう。祐司は自分がこれで特別な存在になったと感じ始めていた。

バーバーを出ると、毛利はコートのポケットからサングラスのケースを取り出し、祐司に渡した。

「似合いそうだ。おまえにやる」

「えっ、いいんですか？」

「レイバンだ。サングラスしてるとよ。目がどっち向いてるか、相手に知られにくい。もめ事の時には有利だ」

「ありがとうございます」

こうして毛利は、それとなく祐司が強くなるための秘訣を教えてくれる。祐司は素直な生徒だったから、何でも毛利の言うことを信じてその通りにしていた。

「ちょっと、寄っていくからよ」

そう言うと毛利は、風俗店へと向かう。毛利がいつも利用するのはソープランドと呼ばれている店で、ここでもやはり贔屓《ひいき》の女の子は決まっていた。

キャバクラなどにいっても、毛利はもてる。何しろキャバ嬢に対して、がっついたところがないからだ。内心はどうなのかは分からないが、毛利は決して紳士的な顔を崩さない。

毛利の女になりたいと思う娘もいるだろう。なのに毛利は、特定の女を作ることはなかった。唯一の例外が、ソープで指名する女の子だが、それもやはりセックスする姿を、他の誰にも知られたくない気持ちからかもしれない。

　その女の子は決して美人ではないし、店の指名ナンバーワンという訳でもないのだ。ただし客のことを、決して誰にも話さないという口の堅さだけはある。そこが毛利に気に入られたのだろう。

　毛利が店に入ると、祐司は他の舎弟と共に、入り口近くに立って待つ。毛利はそんなに長時間いる訳ではないから、待つのもそれほど苦ではない。

　これが仕事だ。しかも年中無休、一人になるのは眠る時以外にない。祐司は毛利の部屋住みだったから、４ＬＤＫのマンションの一室で、毛利と暮らしていたのだ。

　掃除や洗濯は、下っ端の舎弟が行うし、毛利は自室に入ったらほとんど声を掛けてくることはないから、同居といってもそんなに気の張るものではない。

　一人になりたいと思うこともたまにはあるが、それは好きなテレビを観たいとか、頭を空にしてゲームを楽しみたいなんてつまらない理由でだ。一人になったらなったで、不安な気持ちになって落ち着きをなくしてしまうだろう。

　毛利に従い、命じられるままに動いていたら、余計なことなど何も考えずに済む。そしていつかは、毛利のような生き方が自然と身について、本物の男になっていけるだろう。

　毛利といるとハラハラさせられることは多いが、そんな毛利のことを分かってやることが出来、支えられるのは自分しかいないのだ。そう思うと、毛利の側にいることに生き甲斐を感じてしまう。

　こうして待っている間も、祐司は胸を張って周囲を見回す。毛利を守るために自分がここにいることを、誇らしく思っていたからだ。

血で汚れた白衣を、松浦は祐司に貸し与えた。それを着た祐司を伴い、松浦は病院に戻る。

たった一日離れていただけなのに、何年も訪れていなかったような気がする。通用口に掛けられた在院を示す札は、誰も弄《いじ》らなかったのか松浦が在院のままになっていた。

「先生……逃げようなんてするなよ」

祐司は緊張した声で、それとなく白衣の下を手で示す。ズボンのベルトに、銃を挟んでいるのだ。

「安心しろ。このままじゃ、三人共倒れだ。俺がここで撃たれて死ねば、ユウジは捕まり、彼も死ぬ。何もいいことはない」

病院内にはすんなり入れた。けれどすぐにベテランの看護師に見つかってしまった。

「松浦先生、どうしたんですか？　あれから大変だったんですよ。赤ちゃん、生み逃げの産婦さん、住所も名前もでたらめで、警察がしつこく調べてましたけど」

「そう……もう一人の死亡診断書は？」

「内科の大野《おおの》先生が出してくれました」

看護師は怪訝《けげん》そうな目で祐司を一瞬見たが、アルバイトで宿直を引き受ける研修医もいるから、それ以上追及するようなことはしなかった。

「体調崩されていらっしゃるなら、連絡入れてくださいと外科部長がおっしゃってましたけど」

松浦が日々激務に追われていることを知っている看護師は、それとなく松浦のことを気遣っている。もしかしたら松浦のいない間に、ついにあいつも壊れたかと、噂になっていたのかもしれない。

「ああ、ちょっと体調悪い。仮眠してるから……」

「緊急手術の患者さん、ないといいですね」

優しげに看護師は言うと、そのまま立ち去った。緊張していたのか、祐司の体から力が抜けていくのが分かる。

「急ごう。今なら、人目につかない」

松浦は薬品類の保管室に入る。そして自分がいつもなら処方するだろう薬品を選び出し、素早く袋に詰め込んだ。そうしている間も、自分の医者としての人生が、終わっていくのを感じていた。

いずればれたら、首になるだろう。命を狙われていたからと説明しても、信じてもらえる可能性は少ない。あの看護師に向かって、助けを求めることもしなかったからだ。

もしかしたら窃盗で、罪を問われるかもしれない。さらに違法医療行為で、医師免許剝奪の可能性もあった。

いつもの冷静な頭が、自分の愚かさを突きつける。けれど今の松浦は、おかしなことにずっと忘れていた高揚感を味わっていた。

カルテもない患者を助けるのが、そんなに嬉しいのだろうか。

高度な医療機器での検査も行えず、自分の腕と勘だけで助ける。それが面白く感じられるのかもしれない。

けれどこれは賭《かけ》だ。検査無しだから、毛利に対して合わない薬品もあるかもしれないのだ。賭が外れたら、毛利は死ぬことになる。

医療行為はギャンブルじゃない。本来は確実でなければしてはいけないことを、松浦はしようとしているのだ。

そして毛利が死ねば、恐らく松浦も殺される。医者としての人生だけでなく、自分の人生も終わってしまうかもしれないのに、松浦はこの状況を楽しんでいる。

注射器、点滴のパック、カテーテル、薬品やガーゼと包帯にテープ、そこまででもう隠し持って出るには限界だった。

「白衣の下に、袋隠して」

二人で体に袋を巻き付け、その上から白衣を羽織った。もし誰かに見られても、これなら気付かれる心配はない。

「先生、やるな」

祐司は感心しているが、かといってまだ完全に松浦を信頼しているのではなかった。二人して保管室を出た後も、祐司は松浦の背後にいて、何かあったら素早く捕らえられるようにしている。

そんな時にどうしたことか、警備員が見回っているところに出くわしてしまった。

警備員は初老の男だ。それでも腰に警棒を差し、制服を着ていると強そうに見えてしまう。

何もかも元に戻すなら今だ。助けてくれと叫べばいい。

祐司が捕まり、毛利が死のうが知ったことか。たった一人を助けるために、自分の人生を棒に振るなんてばかばかしい。

激務が続いたっていいじゃないか。それが今では生き甲斐なのだから。まさかどんなに働いても、母親に褒められることはないんだと自棄になっているのか。五歳のガキじゃあるまいし、今更何が褒められたいだと思った時、松浦は肩に祐司の手を感じた。

「こんばんは。ご苦労様です」

何と、祐司のほうが先に気持ちよく挨拶《あいさつ》してしまった。すると警備員は、笑顔で頭を下げる。思いこみというのは誰にでもあって、病院内で白衣を着た人間とすれ違えば、それはみんな医者だと思ってしまう。

祐司が髪を染めたのは正解だった。金色の髪をしていたら怪しまれるが、綺麗な黒の短髪では、いかにも清潔感に溢《あふ》れた若い医者に見えていた。

叫ぶなら今だ。

なのに松浦は、軽く会釈して警備員とすれ違う。その瞬間、肩に置かれた祐司の手に、ぎゅっと強い力が込められていた。

終わったんだなと、松浦は虚しく笑う。

いつでも冷静にいられるよう、感情が高ぶることなどないよう努力してきた。何にも無関心でいれば、心が傷つくこともないと思ってきた。

その結果、こんな時になっても騒げない。

それともこの状況の結果がどうなるのか、最後まで見たいと思ってしまったせいなのだろうか。いずれにしても松浦は、いつものようにさらりとすべてを諦め、流してしまったのだ。

最後に医局に寄り、財布や携帯電話の入ったバッグを手にする。きっと携帯電話には、うんざりするほどの着信履歴が溜まっているだろう。それとも、もう充電は切れてしまったただろうか。

「俺の車で行こう。自分の車は、後で取りにくればいい」

「んっ……ああ、分かった」

出口までの数メートル、祐司は強い力で松浦の手を握ってきた。傍《はた》から見たら、まるで熱愛中の恋人同士のようだ。

松浦はされるままになっている。駐車場に駐められた松浦の車まで、二人は手を繋いで歩いていった。

「ワーゲンのゴルフか。渋い趣味だな、先生」

祐司は松浦の手からキーを奪うと、松浦を助手席に乗せてしまう。そして素早く手錠を、今度は両手に填めてしまった。

「まだこんなことをしないと駄目なのか？」

「先生が信じられる人だってのは、分かってるよ。だけどまだ不安だ。あそこに戻るまでは、安心なんて出来ない」

「そうか……」

両手を繋がれると、不思議な感じがする。これは自分で自分に繋がれているということだ。まさにそのとおりだった。何度も逃げ出すチャンスはあったのに、松浦は自分で虜囚となる途《みち》を選んだのだから。

部屋に戻っても、灯りを点けることは許されない。祐司に懐中電灯で手元を照らさせ、縛られたまま意識を失っている毛利を、松浦は診察した。

やはり感染症に罹《かか》ったようだ。異様なほど熱が上がっている。松浦は持ってきた薬液の中身を確認し、注射をしながら祐司に助けを求めた。

「ずっと排尿していないだろ。カテーテル使うから、暴れないように押さえてくれ」

「無理だ。兄貴はそういうの、絶対にやらせない」

「だったら殴ってでも、また意識を失わせろ。体内に毒素が回って、このままじゃ余計に悪くなる。痛みがあって、排尿が困難なんだ」

尿道にカテーテルを挿入するのなんて、治療中にはよくあることだ。何をそんなに戸惑っているのだといらいらしながら祐司を見ると、祐司は情けない顔で答えた。

「兄貴は、そういうの人に見られるのが大嫌いなんだ。おれが見てると知ったら、絶対にやらせないに決まってる」

「それじゃ懐中電灯をセットして、あっちに行ってくれ」

今なら毛利は完全に意識を失っている。恐らく何をされても、分からない状態だろう。椅子に点滴をセットし、すぐに針も刺せるようにした。そしてカテーテルと空いたペットボトルを用意して、毛利の下半身を露《あら》わにした。すると毛利はカッと目を見開いて、松浦の襟元《えりもと》を震える手で摑んだ。

「おかしな真似すんなっ、カマ野郎」

「俺は医者だ。もういい加減に、目を覚ましてもらいたい。今、解熱剤と抗生剤を注射したから、もう少しで楽になるだろう。後は採尿したいだけだ」

「……ここは、どこだ？」

一瞬、毛利の目に正気の光が宿った。けれど暗闇に佇む祐司を見て、またもやその目に狂気が宿る。

「祐司、銃、持って来いっ。誰かいるぞっ」

「兄貴、祐司です。髪、染めたんだ」

祐司が暗闇から姿を現すと、毛利は目を細める。そして何度も目の前で手を振っていたが、祐司ではないと拒絶しているのか、虫でも追い払っているつもりなのか、松浦には分からない。

「祐司、どこにいるんだ。虫がすげぇぞ。こんな部屋に俺を閉じこめやがって、祐司、何やってんだっ」

「安全な場所って、ここしかなかったんだ。兄貴、しばらくじっとしててください」

声だけは変わらないから、それを聞いて毛利も少しは安心したのだろう。ふっと力が緩んだ隙に、祐司は毛利を押さえつける。

「暴れないでください、兄貴。頼むから、これは悪いことじゃない。直すためにやってるんだから」

「祐司、てめぇ、裏切ったなっ」

「裏切ってない。裏切るんなら、とっくに金持って逃げてるよ。先生は、先生は、わざわざ戻ってきてくれたんだ。兄貴を助けるために、戻ってくれたんだ。頼むから、兄貴。先生に任せてくれ。たいしたことじゃない。みっともないことじゃないよっ」

必死の声を聞いても、毛利は暴れるばかりだ。そこで松浦は命じた。

「ユウジ、彼をまた縛れ。このままじゃ傷口が開く」

せっかく解《ほど》いたというのに、またもや毛利の体は晒しでぐるぐる巻きに縛られてしまった。そうなるとさすがに毛利も、それ以上の抵抗は出来ない。その隙に松浦は、毛利の性器の先端から、尿道カテーテルを挿入した。

「何の羞恥《しゅうち》プレイだ、こりゃ。祐司、俺が動けないからって、調子に乗りやがって。殺したければ、さっさと殺せっ。あの金持って組長のところにいけば、楽に俺の後釜《あとがま》に座れるぞ」

「そんなこと考えてないから……」

「嘘を吐くなっ。見え透いてるんだよ、てめぇの腹の中なんてなっ」

「落ち着いてくれよ、兄貴。おれがそんな男に思えるのか?」

部屋が暗く、松浦がカテーテルに集中していてよかった。祐司はきっと泣きそうな顔になっていることだろう。

祐司は辛抱強い男だと、松浦は思った。そうでなければ、母からの負の遺産を引き継いだのだろうか。

こんな駄目な男に、健気《けなげ》に尽くす自分に酔っているのかもしれない。それは何か間違っているような気がする。違った指導者に出会っていたら、もっとまともな男になれただろうにと思ってしまった。

「体から毒を出せば、頭の中もすっきりしてくる。熱でおかしくなっているんだ。聞かなかったことにしてやれ」

松浦が慰めると、毛利が吠えかかる。

「黙れっ。てめぇに何が分かるんだっ、このカマ野郎っ」

「分かるさ、ほら、真っ赤な尿が出てきた。あんたは頭の中だけでなく、体の中まで毒素が回っておかしくなってるんだ。必死に助けようとしてくれるユウジのことも、分からなくなってるなんて最低だろ」

わざと松浦は、採尿したものを毛利の眼前にかざした。

「こんなもの見たくないだろうが、自分が病人だって自覚だけは持ってくれ」

「……」

毛利はそこで眉《まゆ》を寄せ、おぞましいものを見るようにして、ペットボトルの中身を凝視していた。そして恐ろしい形相のまま、松浦に視線を移す。

「そんなもの……俺に見せやがって……覚えてろ」

「ああ、今に感謝したくなるさ。その時になったら、思い出してくれ。今から点滴をする。絶対に動かないで、安静にしていてくれないか」

「これでどうやって、動けっていうんだ。ミイラみたいにしやがって」

「ユウジ、手伝ってくれ。点滴するから、腕を出してまた固定する」

松浦が頼むと、祐司はすぐに縛っていた晒しを緩め、動かせない手を引き出してからまた新たに縛り直した。

「どうした、祐司。カマ野郎の言いなりだな。おまえも本当は、そっちだったのかよ。何が男になりたいだ。そうか、オカマだから、男になりたかったのか」

毛利は祐司を罵《のの》りながら、へらへらと笑い出す。注射したことによって体内に届けられた薬液が、やっと効き始めたようだ。体が楽になったおかげで、朦朧としていた意識ははっきりしてきただろうが、その分、松浦には聞きづらい嫌なことばかり話していた。

「おまえ、懐かせてくれれば、誰でもいいんだろ。相手がオカマでもよぅ」

祐司はもう答えない。黙って部屋の隅に作った、自分の寝場所に入ってしまった。

「俺が男にしてやったんだぞっ。なのに、こんなカマ野郎と組んで、俺をはめやがって。やるなら、さっさとやれよっ。俺は泣いて命乞《ご》いなんてしねぇからな」

「それは誤解だ。俺は……拉致されてここに来たんだから」

点滴の様子を見守りながら、松浦は呟く。けれど毛利の中では、すでに妄想が勝手に膨らんでいて、松浦は最初からここにいた男、祐司の新しい仲間になってしまっているのだ。

「祐司ーっ、何、迷ってる。さっさと撃ったらどうだ。こんなおかしなヤクや道具使って、俺をいたぶって楽しいのかっ」

さすがにもう聞いていられなくなった。松浦は立ち上がり、動かないように椅子にセットしていた懐中電灯を外した。

「それだけ話せるなら、もう心配はいらないだろ。点滴が終わった頃に、また様子見に来るから、それまで寝ているといい」

だが眠りにつくまでの間、毛利の口からは様々な罵詈《ばり》雑言《ぞうごん》が叫ばれ続けた。それを聞きたくないのか、祐司はベッドの上に乗り、足を抱えてじっとしている。

「ユウジも眠るといい……。心配なら……あれ、どこにやった?」

松浦は手錠を探す。すると薄闇の中、外灯の光を受けてきらっと輝く手錠が、すでに祐司の手に握られていた。

首輪にリードを付けてくれるのを待っている犬のようだと、松浦は苦笑する。だがこのままでは祐司が危険だ。ずっと緊張感が続いていた後では、毛利の言葉にかなり傷ついただろう。

「点滴終わったら、俺も寝るから」

「それより、先生。出かけよう」

「出かけるって……どこへ？」

もしかしたら本当に逃げ出したくなったのかもしれない。松浦は僅《わず》かな祐司の変化に、希望を抱いた。

「着替え、買いに行く。もう臭いや、これ……」

着ていたシャツの匂いを嗅ぎ、祐司は顔をしかめる。

「買い物か……」

「ついでに飯食ってこよう……腹減った」

「こんな時間にやってるところあるのか？」

「先生、何も知らないんだな。二十四時間やってるスーパーがあるだろうが」

「そうか……」

けれど危険だ。そんな明るいところに行ったら、せっかくここまで我が身を犠牲にしてきたのに、また逃げたくなってしまう。

毛利にはもう一応の処置は施した。出来れば、後何回か、持ってきた分の点滴だけは続けたかったが、飲み薬も用意してあるから、それでどうにかなるだろう。

ただし祐司だけでも、ここに戻ればという条件付きだが。

祐司も内心は、もうこんな厄介な毛利を見捨てて、逃げ出したくなっているのではないか。けれどそこまで非情になりきれないのが、祐司という男なのだろう。

「何、いちゃついてんだ……祐司……女、作らねぇと思ったら、そっちだったのかよ。気持ちの悪い野郎だ。まさか俺を見て、おっ立ててたんじゃねぇだろうな」

毛利の暴言は止まない。毛利という男は、怒りによって一番活性化する男なのだ。だから怒る対象を探している。可愛そうに、それがもっとも忠実な祐司になってしまった。

「兄貴は、いつもはあんなじゃないんだ……」

祐司は、喚き続ける毛利に聞こえないように呟く。

「怪我人や病人は、いつでもわがままなものさ。元気になったら、ひどいことを言ったって反省するだろう。または、自分の言ったことすら覚えていないかもしれないし」

優しく慰める松浦の手を引き寄せ、祐司は頬をすり寄せた。そんなことをまさかすると は思わなかったから、松浦はどぎまぎしてしまって、手を引っ込めることも出来ない。

「あれは……熱のせいなんだよな……」

やはり祐司は、かなり傷ついたのだ。松浦はさらに慰めるつもりが、逆に残酷なことを口にしてしまった。

「譫言で本心が漏れることもあるけどね。病気になった時に、その人間の本性が分かる」

「そうかもしれないけど……あれが兄貴の本心の筈はないんだ」

　優しく手を握っていたのに、自然な感じでまた手錠が繋がれた。祐司は反対側を、そのまま自分の手に繋いでしまう。

「出かけるんだろ？」

「このままな」

　祐司は笑っているのか、体が揺れている。けれど松浦は笑えない。人中に手錠で繋がれた姿で出て行ったらどうなるか、考えただけでぞっとする。きっと余計な注目をされるだろう。そうなったら、助けてくれと叫んでしまいそうだ。

「いいのか……警察官に質問されるかもしれない……」

「そうしたら、こう答えればいい……おれ達、一分も離れていたくないんだって」

　暗闇の中にあって、祐司の表情は全く窺えなかった。だから想像するしかないが、きっと寂しげな顔になっているだろう。

「俺が助けを求めるとは思わないのか？」

「そうなったら、おれの負けさ。まだ弾は、ワンカートリッジ残ってる。先生含めて、二十人は道連れに出来るな」

「そうか……まだその手は有効だったな」

「嘘でもいいから、仲良くしてくれ。分かるだろ……何か、ぱっと気分を変えないと、このままだと、兄貴を守りきれない……」

祐司の声が曇っている。助けたいという必死の思いで今まで来たが、ついに心が限界に達してきたようだ。

「点滴が終わったら、出かけよう。兄貴には悪いけど、何か旨いもの喰いたいよな。そうはいっても、こんな時間にやってるとこって、ファミレスぐらいしかないか……」

「コーヒーがあれば、どこでもいいよ」

松浦の言葉に、祐司は繋がれた手をまた引き寄せ、唇を押し当てた。

「先生のそういう優しいとこに救われてる……。頼むから、裏切らないでくれ」

「今度は泣き落としか。まぁ、いい、コーヒーが飲めるなら……」

もし祐司の言葉が、巧妙に計算されたものだったら、彼はたいした役者だなと松浦は思う。脅した後に、いい人でいたい松浦の良心に訴えかけてくるなんて、なかなかのものだ。

裏切らないという自信はないが、確かにこのままここにいて毛利の呪詛《じゅそ》を聞かされていたら、気分は激しく落ち込むだろう。それならいっそ、外に出てしまったほうがいい。

毛利は静かになった。薬の効果で、眠りに入ったのかもしれない。明日には熱が下がり、もっといい状態になって欲しかった。せめて妄想が消え、平常心に戻ってくれればいい。

あのまま妄想がひどくなっていたら、何か危険なことになりそうで怖かった。

夜の街に出たのは、実に久しぶりだった。いつもならこの時間、松浦は病院にいて、患者がやってくるのを待っているのだ。

休日にはこんな時間は出かけない。家で何か作業をしているか、テレビを観ているくらいのものだった。

手錠で繋がれて歩いているのに、不思議と注目されることはない。中にはくすくす笑う者はいるが、心配そうに声を掛けてくれる人間は皆無だった。

「何で、みんな無視するんだろう？」

思わず素直な疑問を、祐司に向けて口にしてしまう。

「この国は、変態には優しいのさ。こういうプレイが好きな、バカホモカップルだと思ってるんだろ」

手錠で繋がれているのに、さらに祐司は松浦と手を繋ぐ。いかにもゲイカップルらしく演出しているつもりなのだろうが、松浦は弾んだ気持ちが伝わってくるのを感じた。

幼児が母親と手を繋いでいると、安心してはしゃぐのと同じだ。

祐司は松浦がいることで安心し、現実を忘れて楽しもうとしている。

二十四時間営業の、多数の商品を扱うディスカウトショップに入った。さすがに今度は、ぎょっとした顔で見られたり、あからさまに笑われている。けれど祐司はそれらを無視して、メンズの服売り場に向かった。

「ここのはだせぇけどよ。そんなこと言ってられないからな。先生、ジーパン、何インチ？」

「二十七」

「ほっせぇな。まだ腹が出てない証拠か」

祐司はそのサイズのジーンズを、適当に手にしては見ている。そして一枚を選び出して、松浦に持たせた。

何しろ片手が繋がったままだ。買い物するにしても、動きが不自由でかなわない。なのに祐司にとっては、そんな不自然さすら楽しいようで、二人の体がもつれ合う度に笑っていた。

「もう一枚、いるか？　洗濯なんて出来ないからよ。汚れたら捨てる」

「だったらパジャマが欲しい……」

「ああ、それならルームウェアとかでよくね？」

傍から見たら、本当に幸せなゲイカップルに見えるだろうか。けれど誰もがゲイカップルを祝福してくれるとは思えない。若者三人が、眉間に皺を寄せて見ているのが感じられた。

祐司が気がつかなければいい。こんな所でもめ事は嫌だと思ったが、そう簡単にはいかなかった。

「ああ？　何見てんだ」

視線に気がついた途端に、祐司はすごんだ。こういう対処の仕方を、毛利から学んだのだろう。相手が三人でも、全く怯む様子もなく、むしろ余裕を見せて不敵に笑っていた。

「ホモ野郎がっ」

一人が短く舌打ちしながら言う。すると祐司は、ただちに言い返した。

「うっせぇんだよ。何しようと勝手だろ。それともここは、ホモ禁止か？」

「ふざけんなっ」

「ふざけてねぇよ。おれとやりたきゃ外出ろ。左手だけで相手してやる」

一人が苦笑いしながら、それとなくナイフらしきものを見せた。すると祐司はわざとその男に近づき、シャツをめくって腹を見せる。

「刺したきゃ刺しな。上等だ……。ただしちゃんと一発で殺せよ。そうしねぇと、二度とこの街歩けなくしてやるからな」

「頭に虫湧いてるんじゃねぇか」

憎々しげに言った若者の声は、少し震えている。どうやらこういった男達の喧嘩にはルールがあって、気力の勝る者が優位になっていくらしい。

「あのな、買い物してんだからよ。続きやりたきゃ、外で待ってろ。そっちが兵隊用意するんなら、こっちも用意しねぇとな。何人呼ぶんだ？　三人で二人も相手出来ねぇんだから、何百人も連れてくるつもりか？」

「てめぇ……ふざけやがって」

「面、覚えたからな。おれの面も覚えとけ」

松浦はそこで大きくため息を吐く。

毛利が教えた虚勢の張り方を、祐司はしっかり学んだのだろう。松浦からしたら、陳腐にしか思えない言葉のやりとりも、毛利が全く同じように口にしていた筈だ。

祐司は親を選べない、不幸な子供だ。実の親も外れなら、師事した仮の親も外れだろう。

「待ってろ、今、片付けるから」

祐司は松浦のため息に応えるように、優しい声で言った。

「兵隊呼ぶのに、十分は掛かる。その間に、買い物しちまわないとな。籠《かご》に入れとこうか」

「駄目だ、そんな大事にしたら……いろいろとまずいだろ」

「いいんだ。メンツ潰されるくらいなら、一人でも二人でもやっちまって、ムショに行ったほうがいい」

これがはったりというものなのだろうか。祐司が真面目な顔で言っているから、若者達も落ち着きをなくしてきた。そして一人は、もう嫌だというように、仲間の袖を引き始めた。

「相手にすんなよ。頭、おかしいか、ヤクザだろ」

そこで祐司はまたもや楽しそうに笑い出す。

「間違ってるぞ、それ。正解は頭のおかしいヤクザだ」

違うと松浦は言いたかった。頭のおかしいヤクザは毛利だ。祐司は子供がテレビのヒーローを真似するように、毛利を真似て男を気取っている。

こんなことをするのが、本当に男らしいことではない。

毛利もきっと屈折した人間なのだろう。どこかに弱さやコンプレックスがあって、それを誤魔化すために虚勢を張る。ヤクザとはそういうものなのかもしれないが、祐司にはどこか無理があるようで、見ている松浦は痛々しく感じてしまった。

周囲に客の気配はなくなった。どうやらまずいと思って、皆、近づくのをやめてしまったらしい。好奇の目に晒されることがなくなったおかげて、気楽に買い物が出来たのはありがたい。

下着を選ぶとなったら、祐司のテンションはさらに上がった。

「こんな小さいので、よく隠せるな。ウィンナサイズか？　先生は、どれにする？」

「普通のでいいよ。数があるほうが得じゃないか？」

五枚組のボクサータイプのセットを松浦が手にすると、祐司は穏やかな声で言った。

「先生、医者で稼いでるんだろ？　なのに貧乏臭いな」

「勤務医は、そんなに稼げるものじゃない。もっとも金があっても、ほとんど使うことがないな。家にいないから、光熱費もそんなに掛からないし、食事もほとんど病院の食堂で食べてるから、安上がりなんだ」

「趣味とかねぇの？」

何と心優しい質問だろう。松浦は苦笑いするしかない。

「仕事が趣味みたいなもんだ。休みでも、医療関係の勉強ばかりしてる。服は、どうせ汚れるから安物しか着なくなったし」

松浦の左手に握られた籠には、いつも着ているようなものが入っている。それを見ていると、日常というものが蘇り心が和んだ。

「そんなのつまらなくないか？」

「そうだな。最近、思うようになったよ。だけど仕事以外に、夢中になれるものがないんだ」

五足組のコットンの靴下を手にした。値段の安さに安心し、足下に置いた籠に放り込む。もう籠は二人のもので、かなりの量になっていた。

「彼にも新しいパジャマを買おう。暴れなくなったら、タオルで全身を拭いてやるといい」

「兄貴は、他人にそういうことされるの嫌いなんだ。何て言うのかな、人にありのままの姿っていうの？　そういうの見られたくないんだな」

「……ユウジでも駄目なのか？」

「うん、見ていて分かっただろ。人前で小便するとか、兄貴の場合考えられないんだよ。そういうのこっちが見ちまうと、後で決まって不機嫌になる。体に触られるのも、あまり好きじゃないみたいだ。舎弟が肩もうとして後ろに回ったら、いきなり振り向いて殴ってたもんな」

「……きっと何かトラウマがあるんだな」

後の人格は、トラウマによって形成される。そんなことを松浦は考えてしまう。

母親に愛されず、見捨てられたと感じた子供は、誰かの役に立つことで、自分の存在意義を見つけようとしている。それが松浦なら、毛利はどんな理由で、他人を寄せ付けない攻撃的な男へと育っていったのだろう。

祐司がこうなった理由は、何となくだが分かった。心の中で祐司は、理想の父親を捜している。それは男らしくて、祐司に男としての生き方を教えてくれるような人間だ。

けれどここに来て祐司は、毛利を選択したことに迷いを感じ始めているのではないだろうか。いつも側にいて、絶対的な支配をしていた毛利から離れ、祐司は一人になって自分を見つめ直しているのだろう。

がたいのいい毛利に合わせて、大きめのパジャマを選んだ。洗濯が出来ないというのは事実だが、何も捨てることはない。コインランドリーに行けばいいと思った松浦だったが、自分がそんなになるまで、彼らと行動を共にするつもりなのかと考える。

「俺の分は払うよ」

思わず言ってしまってから、自分の間抜けさに松浦は笑う。すると祐司も、また笑った。

「先生、そこまでいい人すんなよ」

「あ、ああ、そうだな」

「今日はこれくらいにしておくか。また、足りなくなったら買いにくればいい……」

そこで祐司は籠を持ち上げ、レジへと運んだ。レジにいたスタッフは、こんなおかしな客にも場所柄馴れているのか、表情一つ変えずに精算していく。そして気を利かせたつもりなのか、手に持ちやすいように丁寧な袋詰めまでしてくれた。

松浦は祐司が取り出した財布をちらっと見る。予想はしていたが、中にはびっしりと万札が入っていた。それがどういった経緯で手に入れた金なのかは分からないが、日常のものを買うのには役に立つ。

財布にいっぱい入っている程度の金は、実用的で使い道があるが、ではトランクにいっぱいの金となるとどうだろう。トラブルの元としか、松浦には思えない。

俗に親分とか組長とか呼ばれているような、仕える相手が毛利にもいるなら、どうしてその相手に頼らないのかも不思議だ。祐司が携帯電話を持っているのだから、それこそ兵隊を呼び出して、救ってもらえばいいのだ。

それも出来ないとなると、毛利はあの金を個人的に使おうとしているのだろうか。それはヤクザの世界で背任ではないのかとまで、松浦は考えてしまう。

ディスカウントショップを出ると、先ほどの三人組が待ちかまえていた。

「ほらっ、みろ。誰もいないじゃないか。ヤクザなんかじゃねぇよ」

一人が得意そうに笑っている。そして祐司を殴ろうとでも思っていたのか、側に寄ってきた。

「バカだなぁ……おれがここで名乗ったら、おめぇら後に下がれないぞ。バカと遊んでる暇はねぇんだ。さっさとどきな」

「兵隊、どこにいるんだよ。えーっ、誰もいねぇじゃねぇか」

「そっちは呼んだのか？」

「呼ぶわけねぇだろ。てめぇなんか、オレ一人で十分だ」

「そうか、一人か」

そこで祐司は手にした袋を下に落とすと、自由になった手で相手の胸ぐらをいきなり摑み、思い切り引き寄せて頭突きをした。

どういうテクニックなのだろう。祐司は無傷だが、若者の額《ひたい》は一瞬で切れて血が噴き出す。続けて祐司は殴りかかってきたもう一人の腹を足で蹴り、よろけたところを下から拳で殴りつけた。

額から血を流した若者がナイフを手にしている。松浦はそれを見て、思わず叫んでしまった。

「ユウジ、ナイフだっ」

「ああ、分かってる。びびるなよっ」

すぐに祐司はナイフを手にした若者に自ら近づき、あろうことか手錠の鎖部分で、切っ先を挟み込んでしまう。そうして若者の急所を思い切り膝蹴りした。

もう一人は最初から戦意を喪失しているのか、近寄っても来ない。祐司はその若者に向かって、来いというように上に向けた手の指を、くいっと動かして見せる。すると若者は大きく首を左右に振って断った。

「そうか、おまえは利口だな」

よろける若者二人に、さらに祐司は蹴りを入れる。もう二人とも完全に戦意を喪失していた。

「もう、いいだろう。もめ事はごめんだ」

喧嘩の結果、ぼろぼろになって運ばれてくる人間は大勢見てきたが、まさにその原因となる喧嘩の現場に居合わせたことなど、数えるほどしかない。嫌だなと思う反面、松浦自身にも祐司の高揚感は伝わってしまったのか、全身がかっと熱くなっていた。

「先生がそう言うんなら、これで終わりにしといてやるよ。腹減ってる時に、絡んでくるから悪いんだ」

　道に落としたままの袋を拾い上げると、祐司は松浦とまた手を繋いで歩き出す。

「手が自由でなかったら、もっとぼこぼこになるまでやってた。銃やナイフは嫌いだ。あんなものより、殴り合いで喧嘩するほうがずっといい」

「格闘技の選手にでもなればよかったんだ」

「そうだな。でも、おれ、兄貴と知り合うまで、自分がこんなに強いと思ってなかったんだ。女、殴る時は手加減してたしな」

「男だって殴ってるじゃないか」

「先生、喧嘩したことねぇの？　殴り合いは挨拶みたいなもんだよ」

　祐司は軽くスポーツをした後のように息を乱している。額には汗が流れていた。

「コーヒー飲みたかっただろ？　待たせてごめんな」

　喧嘩をしていた時の荒々しさはなりを潜め、優しい色男の顔が現れている。

「そんな顔に、女の子達は騙《だま》されたのかな」

「んっ？　騙したつもりはなかったんだ。マジで、女が出来れば何もかも上手くいくような気がしてた。だけど、駄目なんだ。ちょっとでも嫌なところ見ると、すぐに殴りたくなっちまってさ」

　外国人が二人を見て笑っていた。けれど祐司は、そちらには敵意を向けない。親指を突き立てて笑い返している。そうしているうちに、二十四時間営業のレストランにたどり着いた。

ソファ型のシートに、並んで座った。普通は二人でも対面して座るものだから、松浦は落ち着かない。けれど祐司は、メニューを二人の間に置いて、自然な感じで身を寄せてきた。

「何にする？　うわぁ、すげえな。こういうの久しぶりだから、感動しちまうよ。パフェとかどう？　喰わねぇ？」

「パフェはいい。せいぜいアイスクリームだな」

「おれは喰うぞ。このチョコレートパルフェってやつ……」

「そうか、彼はこういうところでは食事しなかったんだな」

どうして女に対してはすぐにキレる祐司が、毛利に対しては盲従していられるのだろう。そこが松浦にはやはり分からない。

祐司はスタッフを呼び寄せオーダーを開始したが、まるでわがままな王子が、初めて庶民のためのレストランを訪れたかのようだった。

どう考えても食べきれないだろうに、何品も注文する。そして真っ先にコーヒーを持ってきてくれと頼むのを忘れなかった。

「まるで子供だな」

つい正直に松浦は言ってしまう。すると祐司は頷いた。

「夢だよ、ガキの夢だ。もし、手近に叶えられる夢があるなら、先生だって実行するだろ」

「……ずいぶんと慎《つつ》ましい夢だな」

「だけど……こんな簡単なことも、これまで出来なかったんだ。ガキの頃は、こんなことする金がなかったし、大人になって稼げるようになっても……こんなことしたら、バカみたいじゃないか。笑われるだろうから、出来なかった」

「寿司やキャバクラ行くより安いよ。だけど、あまり残すな。作った人や、このために死んだ動物に対して失礼だ」

コーヒーが運ばれてくる。スタッフは裏に戻れば、変な客が来たと話題にしているだろう。けれど二人の前では、何も問題ないように普通の接客をする。さすがにプロだなと、松浦はおかしなところで感心していた。

「先生は、どうしていつもそんなにクールなんだ？」

松浦が少しミルクを垂らしただけで、コーヒーを口にする様子を見ながら、祐司は不思議そうに聞いてくる。

「もめた時も、自分が刺されるとか考えねぇの？　もっとびびってぎゃーぎゃー騒ぐかと思ったら、意外にじっとしてるんで助かったけどな」

「俺も心がどこか壊れてるからさ。感情が、乏しいんだ。患者に死なれるダメージから、逃れるための自己防衛かとも思うけど、思えば子供の頃から、あまり泣いたり喚いたりする子じゃなかったな」

泣けば母に疎ましがられる。愛されるためには、いつだって静かで、穏やかな子供でいなければいけなかったのだ。自分ではあまり意識したことがなかったが、トラウマについて考えているうちに、その意識が離れなくなっていた。

「だからこんなことされても、黙っておれについてくるわけ？」

「うん、そうかもしれない。これでも久しぶりにどきどきしてるんだ。後できっと震え出すかもしれないから、その時は慰めてくれ」

祐司はそこで、自分用のアイスコーヒーを飲む。そして思い詰めた様子で口にした。

「男って、ややこしい生き物だよな。おれ、自分は親父に似て、バカなのかと思ってた。だけど、もしかしたらおれ、オカンと同じなんじゃないか？」

「……」

「イゾンだっけ？　兄貴はああいう人間だから、面倒見るの大変なんだ。けど、これまではそれがこの世界じゃ普通なんだと思って、ずっと従ってきた。おれは、兄貴のために生きてる自分が好きだったのかな」

どうやら祐司は、一人になって頭がより働くようになってしまったようだ。毛利の乱心したことが、より祐司を覚醒させたのかもしれないが。

「オカンをバカだと思ってた。だけどおれも同じくらいバカだ。世の中には、先生みたいな人間もいるのにな。おれ、先生といると楽なんだ。変につっぱらなくていいし、先生はおれをバカにしない。丁寧にいろいろと教えてくれるし」

　つまり祐司は、松浦に好感を抱いてくれたということなのだろう。

「それは……どうも……」

「先生は見かけはちっとも男らしくない。なのに、こんなことになっても、動揺しないってのは、腹が据わってるからだ。感情が乏しいってのとは違うよ。だって医者が患者の前でおろおろしてたら、患者のほうだって困るじゃないか」

　祐司の中で、何か大きな変化があったのだろうか。妙に懐かれて、松浦は困惑する。

「男らしいって、どういうことなんだろう」

「俺にもよく分からないな。父はいつも海外に行っていて、日本に戻ってきても、その、いろいろとあってね。家にはあまり帰らなかったんだ。俺が生き方を教えられたのは、病院だったな。病院には、いいドクターもいるし、様々な経験をした患者がいる。彼らが俺に、人間の生き方を教えてくれたのかもしれない」

「そうか……やっぱ、ホストとヤクザじゃ、いい見本になるわけねぇよな」

　苦笑する祐司の前に、最初のサラダが運ばれてくる。生ハムの載ったサラダを、松浦は丁寧に皿に取り分けてやった。

「もう一度、自由になればいいのに……。違う人生も、きっと楽しいぞ」

「そうはいかねぇよ。盃貰《もら》った以上、兄貴を見捨てることは出来ない。ヤクザはクズだが、その中でももっとも最低のクズになっちまう」

次々と料理が運ばれてきた。すると祐司は、取り皿に分けてくれとねだるようになった。どうやらそんな些細なことでも、甘えられるのが嬉しいらしい。

「夢とは少し違うけど……いい感じだ」

「どんな夢なんだ?」

様々な料理を、松浦も少量ずつ味見しながら訊ねる。すると思ってもいなかった言葉が聞こえてきた。

「おれを怒らせない女と、こんなふうにゆっくり飯食いたかったのさ」

「怒らせないって?」

「期待しすぎちまうんだろうな。相手にさ。思うようにいかないやつばっかりだった。でも、兄貴のところに行ってからは、女作ってない。欲しいとも思わなくなった」

「どこかにいるよ。ユウジにぴったりの相手が」

この子供のまま育ってしまった青年を、包み込むようにして育て直せるような女性が、本当にどこかにいればいいと松浦は願う。甘えかもしれないが、祐司は救われるのを待っているのだ。

「いねぇよ、そんなのは。こんなふうにしてくれるのは、先生ぐらいだ」

銃で脅されたんだ。俺が相手をしなければ、誰かをまた犠牲にするんだろう。散々、そんなことを言っていたのに、従順になった途端に勘違いするなと松浦は思う。

だが怒ろうとしても、もう本気で怒る気にはなれなくなっていた。それよりも祐司という男を知って、何か放っておけない気持ちになっている。酷い飼い主に飼われながらも、人懐っこさを見失わない犬のように思えた。

「先生は、よくこんなクズの相手をしてくれるよな」

「自分のことをそんなふうに言うもんじゃない。上司に恵まれなかったり、会社が合わなかったりして、思うように生きられない人間なんて大勢いるさ。何もかも人のせいにするのはよくないが、自分を否定したら何も始まらない」

偉そうなことを言っているなと自分でも思うが、祐司を前にするとつい説教臭くなってしまう。

「なぁ、もし、生きる時間が、後少しってなったら、先生、何したい？」

何だか嫌な予感がする言葉だった。もしかしたらあの厄介なトランクのせいで、祐司を取り巻く環境はかなりまずいことになっているのではないだろうか。こんなおかしな姿で外出したり、レストランでの異様な注文から、それとなく想像が出来てしまう。

毛利を助けるために必死になっている間は、自分のことまで考えられなかっただろう。

だが落ち着いてきた途端に、新たな不安が祐司に取り憑《つ》いたのだ。

「死ぬことが分かっているなら、死なない努力をする。俺は医者だから、簡単に死を考えたくないいんだ。子供の頃はいつも死の恐怖に追われていて辛かったから、患者を生かすために今は努力している」

「そうだな、先生は医者だものな……」

「どうせいつかは死ぬんだ。人間、生きている時間より、死んでる時間のほうがずっと長いんだぞ。だったら、短い命を楽しんだほうがいい」

「死んでる時間のほうが長い……そうだよな。生まれる前も、死んでるのと同じだものな」

祐司は可笑しそうにしながら、運ばれてきたばかりの焼きたてのピザを頬張る。

死ぬかもしれないのに、最後の晩餐《ばんさん》がこれなのだろうか。ピザにパスタにハンバーグ、子供が好きそうなメニューばかりだ。そこに松浦は、祐司の満たされない思いの本質を見たような気がした。

最後に祐司はパフェを食べる。その表情は無心で、幸せそうにも見えた。松浦はそんな祐司を見守りながら、ゆっくりと三杯目のコーヒーを飲んだ。

ずっとこのままでいられたらと願う気持ちが、松浦の中に沸き起こる。帰る場所は、あの饐えた匂いがする部屋ではなく、二人のために用意された別の部屋だったらいい。そこでだったら、祐司はまともな男として再生出来るのではないだろうか。

「ユウジは、何がしたい？」

「んっ？」

「時間がないとしたら、何をしたいんだ」

「……」

返事をせずに祐司は、口元をペーパーナプキンで拭うと、コップの水を勢いよく飲み込む。

そしてチェックシートを手にすると、松浦を引きずるようにして席から出た。支払いを済ませて、駐車場の車に向かう間も、祐司は一言も口を利かない。

松浦もあえてしつこく訊ねることはせず、薄ぼんやりと明るくなってきた夜空を見上げる。今夜もまた仕事から逃げてしまった。もう戻る席はなくなっただろうか。離れてみると、あの喧噪《けんそう》の日々も何だか懐かしい。

今、松浦を待っているのは、たった一人の患者だけだ。毛利を助けなければ、松浦に自由はなく、仕事への復帰も叶わない。

けれど松浦が本当に助けたいのは、銃創で倒れた毛利ではなく、苦しみの中にいる祐司のほうだった。

どうやったら祐司を助けられるのかは、松浦にも分からない。毛利が回復すれば、祐司はまたヤクザの舎弟の姿に戻ってしまうだろう。そして自分の中に芽生えた疑問など、すべて封印してしまうのだ。

そしていつか、つまらないもめ事で命を落とすだろう。あんな調子で喧嘩をしていたら、とても長く生きられるとは思えない。

負の連鎖だ。両親を憎みながら、祐司は両親と同じようにしか生きられない。その連鎖を、どこかで断ち切ってやりたいのに、松浦に何が出来るというのだろう。

外科手術のように、明快な処置法などないのだ。祐司を変えるために奇跡を起こすのに必要なのは愛という魔法だろうが、松浦には自分がそんな魔力を持っているのか、まだ分からないままだった。

事務所に戻る二人の足取りは重かった。手錠に繋がれたデートなのに、なぜか自由を満喫した気になれた。部屋に戻れば手錠は外され、身動きは自由になるが、すべての思いは毛利に繋がり、二人にもう自由はないのだ。

狭い階段を無言のまま上る。すると松浦の足がもつれて前のめりに倒れ、祐司の腕を強く引いてしまった。

「すまない……」

謝る松浦の体を、祐司は引き上げる。そのまま祐司は松浦をさらに持ち上げ、抱きしめるといきなり唇を重ねてきた。

ずっと続いた沈黙の意味が、これで分かったような気がした。

もし生きられる時間が少ししかないとしたら、祐司は誰かを愛したかったのだろう。それを口にすることは、さすがに恥ずかしかっただろうし、側にいる相手は松浦しかいない。男である松浦を求めることに、やはり抵抗があったのだ。

貪《むさぼ》るようなキスだった。それはどんな言葉よりも雄弁に、祐司の魂の孤独と飢えを物語る。松浦はただされるままになっていた。

「先生は、どうして怒らないんだ……」

唇を離した途端に、祐司は悲しそうに訴える。

「怒るようなことはされてない……」

嫌ではなかった。それが松浦の正直な気持ちだ。ずっと手錠で繋がれていたが、心のどこかでこうなる瞬間を予想していたかもしれない。

二人の間に、親近感は増していた。松浦は祐司のことばかり心配していたし、祐司は松浦ばかり見ていたのだ。

まるで世界が崩壊し、二人きりで取り残されたかのように、周囲に人がいても二人はお互いしか見ていない。

「おれに同情してんのか？」

「かもしれない。だけどユウジにとっては、同情されるのなんて、最大の屈辱だろ？」

「分かってるじゃないか」

「ユウジは？　俺のことを、どう思ってこんなことしたんだ？」

残酷な質問かもしれない。たった三人しかいない世界で恋をするなら、相手は毛利か松浦しかいないのだ。どちらを選ぶとなったら、祐司は松浦を選ぶしかなかっただろう。

そんな選ばれ方をしたとなったら、松浦としては屈辱だ。

「胸の大きな女でも、泣き喚いてばかりいるような相手だったら、こんなバカしねぇよ。先生がおれに優しくするからいけないんだ」

祐司は怒ったように言う。

「優しくされたかったんじゃないのか？」

「おれが？　そんな物欲しそうに見えるのかよ」

「傷ついているのは、彼だけじゃない。ユウジのほうが、本当はもっと傷ついている。だけどその傷は、手術で治せるようなものじゃない。医者だから治せるってものじゃないんだ。俺には治せないけれど、せめてユウジがこれ以上苦しまないようにしたいだけだ」

他人の苦しみなんて、本当は大の苦手だ。亡くなった患者の遺族が泣くのを見る度に胸を痛めていたら、とても自分を支えていけない。だからこそ、あらゆる感情を封印して生きる努力をしてきたのではなかったのか。

優しくしたつもりはなかったが、松浦にしては精一杯の優しさを示していたのかもしれない。祐司を助けようとしていたのは事実だった。

「……そうだな。優しくされたかった。誰かに慰めて欲しいなんて思うほどヤワじゃないつもりだったけど……一人じゃもう限界だったんだ」

松浦は手錠で繋がれた手を伸ばし、祐司の頬に触れた。その手を祐司は握ってくる。

「頑張ったよ、ユウジは。やり方は違法だけど、彼を助けるために努力したんだ。抗生物質が効かない体質とか、他の重度の合併症がなければ彼は助かる。もう少しだ。もう少し様子を見よう。よくなれば、もっと気持ちが楽になるから」

「先生……」

再び祐司は、松浦の唇を奪いにきた。

どうして優しさに対して、こんな返礼しか出来ないのだろう。もっと普通に感謝の言葉を口にするとかだけでもいいのだ。それとも祐司にとっては、そんなところから愛情を育てていく時間もないのだろうか。

男とキスしているのに、おかしな感じがしない。そんなことのほうに松浦の意識は集中してしまう。

祐司が松浦を抱き寄せる力が強くなってきた。そこにはっきりと性的なものが感じられる。

松浦を抱いていた手を緩めると、祐司は黙って階段を上がるように促す。

何かされるのははっきりしていた。なのに松浦は黙って従う。ここまで来てしまったら、それは自然な流れだろう。中途半端に優しくするくらいなら、最初から徹底的に距離感を保っていればよかったのだ。

それが出来なかったのは、松浦もまた祐司に惹かれていたとしかいいようがない。

部屋に入ると、祐司はそのまま松浦をシャワールームに引きずり込んだ。さすがに毛利のいる部屋では、気まずいと思ったからだろうか。

「シャツ、脱げよ」

性急に言われて、松浦は戸惑う。

「これを外さないと、脱げないだろ」

「片側だけ脱げばいい」

そこで祐司は見本を示した。器用に着ているシャツを脱ぎ、その下に着ていたTシャツも脱いで、手錠をはめられた腕のところにぶら下げていた。

「何で？　外せばいいじゃないか？」

「外したら、先生の気持ちも離れてく。それが嫌なんだ」

「……」

手錠だけで繋がっているわけじゃない。そう言おうとして、松浦は祐司の怯えたような目に気がついた。

大人しく手錠に繋がれていることが、松浦の心の証明になっている。こうしている間は、松浦は祐司のことだけを考えているのだから。

けれど外れたらどうだろう。松浦は他に視線を向ける。まずは毛利の様子を見に行くことになるだろうが、それすら今の祐司には耐え難いことなのだ。

「まだ俺が逃げると思って、怖いのか？」

「逃げるだろ？　やられると分かったら、逃げるに決まってる」

祐司はズボンのベルトに手を掛けて外すと、そのまま脱ぎ始めた。すると興奮した性器が、嫌でも目に入る。

「そんなことまでしたいのか？」

「そんなことって何だよ。意味とか、理屈とか、おれには考えられない。やりたいからやるだけだ。さっさと脱げっ」

片腕に脱いだ服をぶら下げたまま、祐司は強引に迫ってくる。すぐに松浦のベルトに手を掛けていた。そしてベルトを引き抜くと、ズボンをそのまま一気に引きずり下ろし、足を抜くように松浦に指示してきた。

「脱がないと、そのまま頭から湯を浴びることになるぞ」

「脱いだって、ずっと腕にぶら下げておくつもりか。これをどうするんだ？」

「いいから脱げって」

迷ったけれど、結局松浦も祐司と同じようにした。二人の服が、繋がれた手の間に揺れている。祐司は屈むと、脱いだズボンのポケットから小さな折りたたみのナイフを取り出し、刃先で服を切り裂き始めた。

「あ、洗えばいいだろ。コインランドリーだってあるじゃないか？」

「捨てる。みんなゴミさ。じっとしてろ、先生の手まで切りたくねぇから」

小さいがよく切れるナイフのせいで、すぐに服は形を無くし、ただのぼろ布となって床に落ちていく。

二人の手の間で絡まっていた服は、すぐに祐司の分がなくなった。続けて松浦のシャツがピリッと小さな音を立てて裂けていく。

「このシャツ、気に入ってたのに……」

「また同じものを買えばいいだけさ」

安物のシャツだが、ほとんど制服のようにして病院に着ていった。それがなくなった途端に、過去も消えてしまうわけではない。たかが着古したシャツだ。惜しくもない筈なのに、そこに松浦は医師としての自分を重ねる。

切り裂かれたものは、もう元には戻らない。

松浦はシャツのように、自分も過去から無理矢理切り裂かれ、引き離されたように感じた。

床に溜まった服を踏みつけて、祐司は松浦を壁に押しつける。ユニットバスの壁は薄くて、思ったよりも大きな音が響いた。

「あっ……」

強引にキスしてくる祐司の歯が当たり、松浦は唇に軽い痛みを覚える。そこは初めて叩かれた時に切ったところで、再生しきれなかった皮膚は、松浦にまた血を味わわせた。

急ぎすぎる不器用なキスは、祐司の欲望の激しさを物語っている。晒された下半身に、何度も屹立《きつりつ》したものが当たった。

「分かるだろ、先生。やりたい、やりたいんだよっ」

「……ああ……」

拒んだところで、そんなものは形ばかりだ。祐司は、絶対に思いを遂げる。それを避ける方法はない。

だったら素直に従うしかなかった。

出会いそのものが異様だった二人には、普通の恋愛ルールは適用されないのだ。この凝縮された時間と空間の中では、通常の何倍もの速度で物事は決定し、実行されていく。

優位に立っているのは祐司であり、松浦はここではただ隷属《れいぞく》するだけだ。そのルールだけは、決して曲げられることはない。

「反対、向けよ」

「んっ……」

「立ったままじゃな、前からだと無理だ。先生、軽そうに見えるが、持ち上げてやるには重いだろ」

祐司は下卑た言い方をしたが、そこには微かな照れが感じられた。

松浦は左手を後ろに回す恰好で、壁に向かされた。右手で額が壁に当たるのを防ぎ、松浦は無機質の灰色の壁をじっと見つめる。

「男としたことあるか?」

「ない……」

「誘われたことくらいあるだろ？」

「ないよ。そういう世界とは、何も縁がなかったから」

性欲そのものも、いつの間にか希薄になっていた。セックスする時間より、ゆっくり眠れる時間のほうがはるかに価値がある。

女性をエスコートしてのレストランでの食事より、一人でのカフェでのランチが心地よくなっていた。誰かと喜びを分かち合うこともなく、しまいには自分の喜びすら見失った。いつも誰かの肌に触れている。けれどそれは治療のためであって、喜びのためじゃない。滑らかな肌も、がさついた肌も、豊かな胸も出っ張った腹も、松浦にとってはすべてが同質のものだ。裸そのものが性欲をかき立てるなんてことは、とうになくなっていた。

「高校時代によ……生意気な下級生がいると、何人かで輪姦《りんかん》した。男子校だから、抵抗なかったのかな。みんな、よくやってた。殴ると、暴力沙汰で訴えたりするけど、やられちまうと決して口割らないからな」

「ひどい話だな……」

「そうだよ、ひどい話さ。そんなふうにやっちまった中に、マジでおれに惚《ほ》れたバカがいてさ。そっちのほうが、もっとひどい話さ」

顔が見えないのをいいことに、祐司は過去を告白している。けれどそれは祐司にとって、数少ないまともな恋愛の一つだったのかもしれない。

「その彼とは、うまくいかなかったのか？」

「……心まで女みたいなやつは嫌いだ。だったら女のほうがいい」

「そうか……そうだよな」

祐司は慌ただしく石鹸を手に塗り、松浦のその部分に塗り込めている。

「やりたい頃だからさ、適当に利用してたら、そいつがどんどん女みたいになっちまって、気持ち悪くなってきたんだ。あいつ、今頃は、どっかのショーパブにいるんじゃねぇの」

松浦の肩に、祐司の顎《あご》が乗った。その当時の経験が役に立っているのか、背後から押さえ込む動作も手慣れたものだ。

「それでも彼は……きっとユウジを愛していたんだ」

「そうじゃない。自分に突っ込んでくれる男なら、誰でもいいのさ……」

その部分の内部にまで、祐司の指は石鹸を塗り込め始めた。

「んっ……つっ……」

「痛いと思うだろ。そいつに言わせると、痛いのは最初のうちだけだってさ。チンポでいくより、何倍も気持ちいいんだと言ってた」

「……誰もがその部分で、上手く快感を手に入れられるものじゃないけどな」

前立腺を刺激されれば、健康な男だったらすぐに反応する。それだけのことなのに、精神的なものまで変わってしまうのが不思議だ。

受け入れる性というだけで、心まで女になってしまうのだろうか。それとも元々、心の中に女の部分があったからなのか。

「ユウジ……こうなっても、俺は君の女にはならないから」

「分かってる。先生はそういう人間じゃねぇよ。だけど……おれのものだ」

宣言と同時に、最初の痛みが松浦を襲った。

「うっ！　き、きついな」

「黙ってろ……痛がったって遠慮はしない。叫ぶだけ無駄だ」

小さな穴の中に、祐司は膨らんだものを巧みに押し込んでくる。その勢いから、祐司がもう切羽詰まった状態なのだというのは分かった。

「んっ……んん……」

手錠だけでなく、その部分でも繋がってしまった。けれど心まで繋がっているのかは、まだ分からない。松浦と同じだけ、祐司は孤独だろうか。それともこの瞬間、松浦を手に入れたと祐司は喜びの中にいるのだろうか。

顔が見えないから、何も分からない。伝わってくるのは、祐司の荒い息から感じられる興奮と、堅くなった性器が示す欲望だけだ。

愛はまだどこにも見えない。

「んっ、んんんっ……」

肉体の痛みはあっても、松浦の心は痛んでいない。それよりもこの経験を、楽しもうとしている新たな自分が生まれていた。それは松浦自身にも、大きな驚きだった。

ここはこれまでの松浦が知らない、閉ざされた特別な世界なのだ。衣服を切り捨てたように、過去も何もかも切り捨てて、ただ自分自身でいればいい。

その新しい自分は、こんなことも楽しめる。

悪ガキのまま大人になった祐司という若者と、恋をしてもいいのだ。

「あっ、ああ、久しぶりだから……脳みそがフッフツいってやがる」

祐司はそう呟くと、さらに奥へと自身のものを進めてきた。

「しゃがめよ。立ってると、やりづらい」

「ここに？」

切り捨てられた衣服と、脱ぎ散らかしたズボンの上に、松浦は這《は》い蹲《つくば》らされる。片腕で体を支えるのは、かなりきつかったので、完全に肩まで下に付けた形になってしまった。

それと同時に、またもや祐司のものが押し入ってくる。

広げられた入り口は、苦もなくすべてを受け入れた。すると俯《うつぶ》せの体勢がよかったのか、幸運にも松浦は、祐司のものが前立腺を刺激するのを強く感じた。

「あっ……」

祐司の長い性器は、男に新たな快感を教えるのに十分な大きさがあるようだ。初めての経験で、こんな快感を教えられたのはそのせいなのだろう。

「う……ううっ……」

「んんっ、どうした、先生。締まりがよくなってきたぞ」

「あ、ああ」

「まさか感じてんのか？」

「んっ……うん、そ、そうらしい。何かが、ずんってくる感じだ」

後ろ手になった左手が痛む。祐司は左手だけで松浦の体を支えている。体勢的にきついだろうと思うが、決して祐司は手錠を外そうとはしなかった。

そんな不自由な体勢から、すっと前に手が伸びてくる。そして松浦の性器をまさぐってきた。

「んっ……ああっ……」

「本当だ。マジで？　どうしたんだよ、先生。クールな先生らしくねぇな」

祐司は笑い出したが、いつまでも止まらずに笑い続けていた。

目の前に、ずっと着ていたシャツの破片があった。松浦はその柄を見ながら、これは夢なのかと思ってしまう。

仮眠する時の浅い眠りの中で見る夢は、いつもリアルで現実との境目が分からない。もしかしたらこれは仮眠中に見ている、長い夢なのではないだろうか。

そうとしか思えない。自分を拉致した男に恋し、犯されながら感じている。

松浦の世界では、決してありえないことが、ここでは起こっているのだ。しかも場所は狭いシャワールームで、床には自分の着ていたシャツの残骸が積まれていた。

「あっ、ああっ、こ、これはくるな」

これまで知らなかった刺激に、松浦の体は驚いている。そんなに簡単にいってしまってはいけないと自制する暇もなく、どんどん性器は膨らんでいって、射精が許されるのを待っていた。

「あっ……」

松浦の脳裏に、高校時代、祐司に恋したという少年の姿がぼんやりと浮かんだ。顔ははっきり見えないけれど、その少年が祐司に犯され、こんな快感を教えられてびっくりした様子が自分と重なったのだ。

愛情と欲情の違いがよく分からない少年は、秘密の快感を与えてくれた祐司に取り憑かれただろう。

松浦はそこで首を振って否定する。

自分はそんな子供ではない。快感を与えられただけで、即座に祐司に恋するほど愚かではないつもりだ。恋に近い気持ちがあるとしたら、それは同情が引き金になっているもので、欲望などどこにもないところから芽生えたのだ。

欲望が萎えた後でも、お互いに対して今と同じ気持ちでいられたら、そこで初めてすべてが始まるような気がする。けれど始まったとしても、終わりもまたすぐ近くに見えていた。

「先生も感じるんだな……。おれので感じてる」

笑いながら祐司は呟く。その声は楽しげだけれど、少し切なげで、悲しそうにも聞こえる。

終わりははっきり見えている。このビルが壊されるのに、もう二週間もないのだ。それまでに祐司は毛利を連れて、ここを出て行かないといけない。

松浦には同行する気はないし、毛利がそれを望むとはとても思えなかった。

「先生、おれのこと、好きでいてくれよ」

「んっ……」

「ずっと、ずっと好きでいてくれ。おれは、先生が……好きだから……」

「俺も、ユウジが好きだよ……好きなんだ」

思い出にすらならないかもしれない。けれどこの狭い汚れた部屋でのことを、どうやって忘れたらいいのだろう。

「うっ、ううっ……んっ……」

とんでもない終わり方で、いきなり松浦は楽になってしまった。するっといった感じで、体内から精液は飛び出し、床に滴《したた》っている。

何だか呆気《あっけ》ない。これで終わってしまうなんて、あまりにもつまらない。こんなものではない筈だ。もっと情熱的な、熱い思いを味わいたいと、松浦は飢えを強く感じた。

このままずっと祐司のもので、中まで満たされ続けたいと思うのは、祐司に恋した少年と同じなのだろうか。

「いっちまったのか？　先生……素質あるよ……だけど、女みたいには、ならないでくれ。先生は、ずっと今のままじゃなきゃ嫌だ」

松浦の耳元で囁きながら、祐司は動き続ける。それをしっかり感じるように、松浦はいつか腰を心持ち上げていた。

「ああ……こんな……ことになるなんて……」

「んっ……どんなことになったって、いいじゃないか。これでずっと楽しめるよ、先生。他にすることもないからな」

祐司の言葉に、松浦はぎょっとした。

本当の終わりの日が来るまで、こうして体を重ね合う時間は、まだたっぷりとある。けれど重ねるのが体だけでなく、心まで重なっていったらどうすればいいのだろう。

重ねたものを、一枚、また一枚と引き剝がしていって、何もかも忘れるには、重ねた時間の何倍もが必要になる。

　松浦はここで後悔する。

　心の辛さに耐えるのは、あまり得意じゃない。自ら作った傷口の痛みに、耐えられる自信がなくなっていた。

　二人でシャワーを浴びた後、新しい服を前にして、やっと祐司は手錠を外してくれた。するとと松浦は、手が軽くなった分、祐司の重さがなくなってしまって、何だか寂しい気持ちになっていた。

　毛利の様子を見に行くと、てっきり寝ていると思った毛利は、目をしっかり見開き松浦を見つめていた。

「ずいぶんと着替えに手間取ってたみたいだな」

　言葉もはっきりしている。薬の選択は間違っていなかったようだ。高熱による譫妄《せんもう》状態を脱し、毛利は自分を取り戻したのだ。

「先生、すまねぇな。俺ともあろうものが、熱でおかしくなってただろう。ざまぁねぇや。みっともないところを見せちまった」

「いや……意識がはっきりして安心しましたよ。よかった。薬の選択を間違っていたらと、ずっと気になってましたから」

「気になってる？　それにしちゃ、随分と放置されてたみたいだが」

　毛利の顔は笑っていたが、目は笑っていない。松浦は背筋に冷たいものを感じた。二人がシャワールームで何をしていたのか、毛利はしっかりと聞いていたのだ。

「すまないが小便採ってくれ。痛くてよ、自分じゃ上手く出来ない」

「膀胱《ぼうこう》に雑菌が入ったんでしょ。抗生剤注射しましたから、じきに痛みはなくなります。意識がはっきりしてきたなら、出来るだけ水を飲むように努力してください。点滴の数に限りがあるので、それがなくなったら、消化のいいものを少しずつでいいですから、食べるように」

松浦は毛利のパジャマを脱がし、傷口の点検と消毒、それに採尿を開始する。医療行為をしている間は、何も考えずに医者に戻れた。

祐司はこんな時には決して近づいては来ない。やはり毛利のみっともない姿は、決して目にしてはいけないというルールを厳守しているからだ。

「傷口の治りが遅いな。まだ出血が止まらない。失血が多かったみたいだから、本来なら輸血すべきなんですが」

「じゃあ、あんたの血を抜いて入れてくれ」

「……そう簡単にはいかないんです。血液は、検査なしで扱えないので」

「冗談も通じねぇのかよ」

そこで毛利は笑った。松浦も曖昧《あいまい》な笑みを浮かべる。冗談ではなく、本気だと思っていたからだ。

「祐司はよ、俺が男にしたんだ」

毛利はそこで囁くような小声で言った。

「まさか先生、祐司を女になんかしてねぇだろうな」

「……」

やはり何をしていたのか、分かっていたのだ。松浦は返事に窮《きゅう》したが、嘘を吐くより真実を告げるほうがましだと思った。

「それはあり得ないでしょう」

「ならいい。やりたい盛りだからよ。まぁ、何をしても許してやってくれ。いろいろとあってな。ソープにも連れていってなかったから」

「……」

松浦は点滴を用意していたが、どうにも居心地が悪かった。毛利はとうに目覚めていて、松浦が診察に来るのを待っていたのかもしれない。なのにいきなり祐司とあんなことを始めてしまい、毛利としてはかなり腹立たしかっただろう。

それでも熱で浮かされていた時と違って、声高に非難したりはしない。じっと様子を窺っているあたりが、毛利らしかった。

「だがな、先生。間違っても祐司に惚れたり、惚れさせたりしないでくれ。ここから生きて帰りたかったら、俺達のことに首を突っ込まないほうがいい」

毛利の言葉で、甘い夢は一気に現実味を帯びてしまった。

「頭のいい先生だったら、俺達がかなりヤバイ状態だってのは分かるだろ？」

「それは……まぁ……」

「俺はこの通り、身動き出来ない。そんな時に、祐司に温くなられても困るんだよ。下半身の処理は得意みたいだが、あいつは病人じゃねぇ。変な情けを掛けて、娑婆っ気を呼び戻されても困るんだ」

松浦はそこで小さく頷く。やはり祐司を自由にしてやることなんて、松浦には出来ることではないのだ。一度組織の洗礼を受けた人間にとって、組織の人間関係は絶対であり、何の力も持たない医師ごときに、助けられるものではない。

けれど祐司に自由をあげたい気持ちは、そう簡単には消えていかない。少年のように笑う祐司に惹かれる。優しさを忘れていないうちに、もっとも相応しい生き場所に連れていってあげたかった。

「金はちゃんと支払う。あんたは騒ぎ立てないし、妙に義理堅いところもあるから、俺も男として認めてるんだ。だからな……上手く終われるようにしようや」

静かな口調ではあったが、それは脅しでもあった。ここであったことを、決して口外しないと約束しなければ、毛利は松浦に自由を与えてはくれないだろう。

「安心してください。他言はしませんから」

「そんなことは当然さ。娑婆に戻った時によ、上手く誤魔化す算段でもしておくといい。

あれだ、鬱《うつ》ってことにしとけよ。今はな、鬱の人間が多いだろ」

「……そうします。実際、少し、仕事から離れたかったので……」

とんでもない特別休暇だった。祐司といる時は、何もかも犠牲にしてしまったことを後悔しなかったのに、なぜか毛利に言われると腹が立つ。俺の仕事と自由を返してくれと言いたかった。

「先生、正直なところを言ってくれ。俺は何日で動けるんだ？」

「傷口が塞がったら……。縫合したけれど、上手く癒着してないんです。人間には自然治癒能力があるから、状態がよくて若ければ、それだけ治りも早いんですが。既往症はありますか？　糖尿病とか、肝臓病、心疾患とか」

「さあな。医者に罹ったことなんて、ここ何年もねぇからな」

「失礼ですが、覚醒剤は？」

またもや毛利は笑い出す。おかしいことを言ったつもりはなかったので、松浦は思わずむっとしてしまった。

「商売物には手を出さねぇよ。シャブで決めるのは、敵対するやつらと戦争する時だけだ」

「だったらいいです。肝炎とかやっていなければ、一週間から十日で抜糸出来ます。あなたは根性ありそうだから、自分で抜糸してもいいですよ。毛抜きで糸抜いて、その後を消毒すればいいだけです」

今なら祐司への思いで苦しまずに、ここを出て行けるかもしれない。飲み薬は用意してあるから、それでどうにかしてくれと言えばいいだけだ。

だが松浦は、祐司が離れたところからじっと見ていることに気付いてしまった。

祐司は毛利を見ているのではない。松浦を見ているのだ。もう毛利との会話はすべて聞いてしまっただろう。その結果、松浦が早々にここを抜け出したら、また裏切られたと思って、深く傷つくに違いない。

毛利の傷は治るだろう。けれどその分、祐司の傷はより深くなっていくのだ。血を流し、膿《うみ》を出す傷口と違って、心の中の傷はどこにも傷口を見せない。見えないから、癒《いや》されることも治されることもなく、静かに腐っていくだけだ。

「水を飲めばいいんだな?」

「はい、スポーツドリンクでもいいです。それとしばらくは、食事はゼリーくらいにして様子を見ます。水さえきちんと採れれば、固形物を口にしなくても、一週間くらい楽に生きられますよ」

「じゃあ、寿司のゼリーでも持ってきてくれよ」

それはさすがに冗談だとすぐに分かったので、松浦も笑って聞き流せた。

「祐司、水、持ってこい。それと煙草だ」

毛利の命令で、すぐに祐司は水と煙草を手に近づいてきた。けれど毛利はそんな忠犬のような祐司を褒めることもせず、いきなり頭ごなしに叱《しか》りつけていた。

「バカヤロウッ！　ちゃらちゃら出歩いてて、いいと思ってんのかっ」

「は、はい……」

「ここに踏み込まれたら、どうなると思ってんだ」

「すいませんでした……」

祐司は卑屈《ひくつ》に頭を下げる。まさか手錠で手を繋いで、二人で出かけたなどと知られたら、どんな叱責《しっせき》を受けるか分からず、松浦はそっと祐司の様子を盗み見た。

「髪を染めたのは利口だったな。明日よ、機械工みたいなツナギ買ってこい。出歩く時は、それ着ていけ。キャップも忘れるな」

「はい……」

「先生は外出禁止だ。出掛ける時は、手錠でそこらに繋いでいくか、俺に銃を持たせろ」

「兄貴……」

「煙草」

祐司は松浦の口元に煙草を挟み込み、そこにライターの火を近づける。すると毛利は、最初に一口吸って煙を吐き出すと、すぐに祐司の手に火の点いた煙草を押しつけた。

「お外でデートか！　バカやってんじゃねぇっ。色惚けしやがって」

「……」

火の点いた煙草を、祐司は手で握り潰す。熱いとは決して言わない。むしろ手の熱さよりも悔しさのほうが上回っていて、唇が切れそうなほど強く噛んでいた。

「祐司、てめぇのために先生連れてきたのか？　違うだろ？」

毛利はもう声を荒げない。けれど祐司を威圧するのには、十分な迫力があった。

「一週間だ、祐司。傷が塞がってなくてもいいから、ここを一週間で出る。準備しておけ」

一週間で自由になれる、松浦は一瞬、単純にそう思ったが、果たしてこの冷徹な毛利が、本当に松浦を自由にしてくれるのか、確信は全くもてなかった。

予想外の展開に、毛利は天井を睨みながら考える。

まさか祐司が、連れてきた医者に手を出すとは思っていなかった。毛利は賢く世渡りをしてきたつもりだったが、時折失敗することもあるのは素直に認める。

今回も失敗したようだ。

途中までは上手くいっていたのだ。だが伏兵に気付かず撃たれ、さらにはその治療のために呼び寄せた医者が、祐司を動揺させている。

これは毛利にとって、まさに想定外の連続だった。


毛利は野心もあり、行動力もある男だ。組長に対しては忠誠心もあり、喧嘩っ早いという欠点がなければ、組織内でそれなりの高地位に進めただろう。

毛利にとって人生最大の屈辱は、三年間の刑務所暮らしだ。他人に日常の姿を見られることを異様に嫌う、病的なまでにスタイリッシュな生き方を貫く男にとって、灰色の集団生活は耐えられないものがあった。

逮捕されたのは、相変わらずの喧嘩が原因だった。刺されそうになって、逆に相手を刺し殺してしまったのだ。ヤクザ同士の喧嘩であり、あくまでも正当防衛ではあったから、それでも三年で済んだ。

毛利にとって不幸だったのは、三年の間に毛利を嫌う兄貴分が、かなりの地位に上り詰めてしまったことだ。しかも組長は病を抱えてしまい、引退を宣言してしまった。

組長は昔ながらの義理堅い男で、忠実な毛利を可愛がってくれた。だが兄貴分は、これを機会に毛利を排斥しようとしているのは明らかだ。

「祐司、相良《さがら》の兄貴が跡目継ぐなら、俺に居場所はもうねぇな」

その日、毛利は自宅のソファに座りながら、滅多に見せない弱気な顔を祐司に見せていた。

「相良は俺を嫌ってる。けどな、同じくらい俺もやつが嫌いだ。あいつから下がりの盃貰うくらいなら、さっさと出て行ってやるさ」

「兄貴、でもそれじゃ、どこに行くんです」

「行き先ならある。だが手ぶらってわけにはいかねぇよ。少し荒稼ぎして、上納金を用意しねぇとな」

失敗は許されない。毛利にとって、またあの刑務所に戻るくらいなら、銃で自分の頭を撃ち抜くほうがずっとましに思えた。

「祐司、男になりたいんだろ？　だったらここからが、性根の見せ所だ。俺に付いてくる覚悟はあるか？」

「もちろんです」

祐司ははっきりと答えたが、毛利には不安がある。

喧嘩は強いし、毛利に対しても忠実だ。舎弟としては出来た男だが、やはり祐司には弱さがある。甘さとでも言うべきだろうか。非情になりきれないところがあった。

けれど今の時代の若者に、そんな強さを求めるのは無理だ。毛利自身も、まだ三十五という若さだから若造の部類に入るが、それでももう少し彼らよりは骨があると思っている。

優しい時代に育っているせいなのだろう。競争させない学校に通い、喧嘩は御法度の社会で守られてきた。そのせいか、若者は皆脆弱《ぜいじゃく》だ。

それだけでなく、今の若者には欲がない。

いい車に乗りたいとか、高価な物を身につけたいとか、高級車に乗りたいなんていう、もっとも分かりやすい欲がないのだ。

祐司にも欲がない。誰にも教えられなかった、男らしい生き方なんて抽象的なものを求めるばかりで、では自分は何をしたいのかという、具体的な目標も祐司にはなかった。

毛利の目的ははっきりしている。ともかく男としての見栄を貫きたい。後ろから刺されて死ぬことになってもいいから、いつでもトップで風を切って歩きたかった。

自ら過去を語ることはしないが、毛利は元々いい家の生まれだ。親は資産家で、子供の頃はぼっちゃまと呼ばれていた。けれど父が事業で失敗し、異国で死んでからはすべての事情が変わった。

毛利のために雇われていた使用人はいなくなり、家事もしたことがないような母と、親戚の家で暮らすことになったのだ。

離れの一部屋を与えられたものの、優遇されるわけではなかった。むしろ邪魔者扱いで、毛利達母子に対しては、とても惨《むご》い扱いだった。

その頃から、自分を見下す人間が毛利には耐えきれなくなったのだ。それは母も同じだったのだろう。さっさと大量の睡眠薬を飲んで、屈辱から解放されてしまったが、残される毛利のことなど、微塵《みじん》も考えてくれなかったのはいかにも母らしい。

たった一人で残された毛利に出来ることといったら、自力で強くなっていくだけだった。

そして毛利は実際に強くなり、屈辱を味わう回数は減った。

祐司も屈辱を味わってきたのだろう。なのにそれを、憎しみとして他者に向ける力が弱すぎる。せいぜい女を殴る程度では、あまりにも小さすぎた。

憎しみはもっと大きなものに向けるべきだ。自分達を追い込んだ世界から、今度は逆にしっかり奪い取る。それが金とか、社会的地位とか、具体的なものになっていけば分かりやすくていい。

祐司が毛利を頼ってきたことで、毛利の自尊心はとても満たされた。強くて見た目もいい若者を、舎弟として引き連れて歩けるのは、毛利の虚栄心をいたく満足させる。しかも祐司は、見かけよりバカではない。満足に日本語も話せない若者と違って、敬語も使えるし、言外の意味も読める頭を持っていた。

自慢の舎弟ではあったが、やはりどうしても心の弱さが気になる。今は毛利に完全に依存しているから、何を命じても意のままになるが、変な知恵が芽生えたら、ヤクザの生き様に嫌気が差すかもしれない。

だから毛利は、ここで祐司に賭けたのだ。

「祐司、二人でやろう。おまえにもきちんと分け前はやる」

「何をやるんです？」

「ヤクの取引を潰す。金かヤクか……あるいは両方、奪い取る」

「えっ……二人でやるんですか？」

「信じられるのは、祐司しかいないからな」

他の若い舎弟は、あまりにも頭が悪くて口が軽い。祐司が来る前からいた舎弟は使える男だったが、毛利が刑務所にいる間に、相良から直に盃を受けていた。つまり毛利を見限り、さっさと鞍替《くらが》えしたのだ。

結局、毛利にとって使える駒《こま》は、今はもう祐司しかいなかった。頭数だけ兵隊を揃えるくらいは今でも簡単に出来るが、そんなものに今回用はない。毛利に対して忠実に働ける男が、一人でもいればいいのだ。

「こっちにいたんじゃよ。相良に邪魔されて……肩で風切って歩けねぇからな……」

金を持って、遠い地に行くつもりだ。そこを支配する男は、毛利を可愛がってくれた組長と昔から懇意で、毛利一人くらい気軽に引き受けてくれるだろう。

「頭、押さえつけられるの嫌いなんだよ。相良なんかによ、下げる頭はねぇや……」

「いつ、やるんですか?」

そこで毛利は、祐司を近くに呼び寄せた。

「祐司、男にしてやるからよ。根性、見せろ。やつら、組の頭が相良に移ると思ってる。その間はごたごたしてるからな。シマ内の監視も緩むと思ってやがるのさ」

すでに毛利は、裏で情報を手に入れていた。トップの座を継承し、祝い事をするので相良は浮き足立っている。その合間に、裏でごそごそと動き回るやつらがいるのだ。

それを潰して奪い取った金品を、そのまま相良に上納すれば、毛利の首もしばらくは繋がるだろう。けれど毛利は、一度でも自分を見下した人間相手に、尻尾を振るつもりはなかった。

「男にはな。勝負賭けないといけない時があるんだ。俺が祐司を本物の男にしてやる。これが上手くいったら、もうおまえを負け犬なんて誰も言わねぇよ」

毛利は祐司をさらに近くに呼び寄せ、その肩を優しく叩いた。すると祐司は、意を決したというようにきつく唇を噛む。

祐司がいれば、きっと何もかも上手くいく。毛利はそんな気がしてきて、祐司の肩を大きく揺すった。

「南に行こう。海がある町だ。もうこんな外国人ばかりが幅を利かせてる街なんて、さっさと出て行こうぜ」

出て行くのはいいが、気に入ったバーバーがまた見つかるか心配だ。美しく整った髪を見せつけるのはいいが、毛利はバーバーの椅子に座っている自分の姿を、誰かに見られることが許せないのだ。

そんなわがままを聞いてくれる店を、また一から探さないといけないのだけが厄介だった。

毛利の意識がはっきりしてしまったせいで、松浦はまた虜囚に格下げとなった。けれど以前と違うのは、明らかに祐司の中に変化が生まれたことだ。

毛利がうとうとと眠っている間は、二人だけの親密な時間になる。祐司はそれを意識しているのか、毛利が起きている間に買い物をしてくるようになった。毛利の目を盗んででも、松浦との関係を続けたいからだ。

松浦もまた、どんなに脅されてもやはり祐司を突き放すことは出来なかった。ここを出ていけば、二度と会えないかもしれない。だからこそお互いに、今を大切にしたいのだ。

眠ることも、失った体力を回復させるためには必要なことだ。それが分かっているのに、猜疑心《さいぎしん》が芽生えたのか毛利は熟睡しない。微かな物音でも身じろぎし、目覚めているのが感じられた。

「先生……」

「んっ……」

電気は点けないから、外灯の明かりしかない夜、祐司は未だに手錠で繋がれた手を伸ばしてくる。破れたパーテーションで仕切られただけの仮の寝室は、秘密の欲望の巣になっていた。

抱き合うことまでは、毛利も否定しない。二人に許されないのは、愛し合うことだけだ。祐司の性欲処理なら目を瞑《つむ》る。だが祐司にとってもっとも大切な相手が、毛利であるということは曲げられないのだ。

だから愛は囁けない。少しでもそんな言葉が毛利の耳に入ったら、途端に祐司は毛利に呼び出され、二人は引き離される。

松浦の存在が毛利にとって邪魔なら、さっさと追い返せばいい。だが毛利は松浦を信じてはいなかった。逃がしたら最後、警察に垂れ込まれるのを恐れている。もう少し自由に動けるまではと、松浦に看護を命じていた。

「……先生……いいだろ？」

ルームウェアの下だけが脱がされる。そして祐司は、松浦の上に乗ってきた。

看護以外にすることもないせいか、二人は肉欲に溺れている。松浦の目は自然に祐司を追ってしまう。それは祐司も同じで、毛利の視線の届かないところに行けば、すぐに松浦を抱き寄せて唇を重ねてきた。

抱き合うことの許された、夜の眠る時間だけでは足りず、シャワーを浴びる間や、時にはトイレにいくふりをして二人は体を重ねている。それでも性欲が枯れることはなくて、触れあえばすぐに体は反応した。

「……ああ……」

唇を重ねると、くちゅっと淫靡な音がした。小さな音だが、それすら静かな部屋では大きく響いてしまう。祐司はセックスのためのローションまで買い込んでいて、松浦のその部分に塗りつけてきた。

「んっ……んんっ」

そして屹立したものを入れてくる。するとまたもや、ぐちゅっと淫靡な音が響いた。

声を出さないように、努力しないといけない。なのに喜びを覚えた体は、すぐに声を出させてしまう。

「あっ……」

エアマットが揺れると床にこすれて、ぎしっぎしっと音がする。

「うっ……んんっ」

祐司からも低い声が漏れ出る。激しく腰を振り始めると、松浦の体に当たってぴたぴたと音がした。

無音のセックスなんて不可能だ。欲望の分だけ、様々な音が生まれる。静かにしようと思えば思うほど、かえってそんな音が耳に付く。

「ああっ……た、たまんねぇ……」

松浦の中に激しく出し入れしながら、祐司は呻く。同じように松浦も、感じやすい部分を激しく突かれて身悶《みもだ》えしていた。

「んっ、んんんんっ」

タオルを噛んで声を殺す。そんな姿を見ている祐司は、余計に興奮するらしい。もっと松浦を苦しませようと、よりいっそう激しく攻めてくる。

「あっ……」

興奮した性器を、祐司の手が弄った。すると松浦はすぐにいきたくなって身悶える。それがまた祐司に新たな快感を与えることになるのだ。

「うっ、ああ、先生」

「んっ……あっ、ああ」

祐司は顔を下げてきて、松浦の口からタオルをとって唇を重ねる。それでしばらくの間は、いきたい気持ちを逸らせることが出来た。

「先生、すぐにいっちまうからな」

祐司に笑われて、松浦は自由になる右手で祐司を強く抱きしめた。

「誰のせいだ」

「おれのせいなのか？」

「そうだろ。ユウジのせいで俺は……」

「目覚めちまったんだよな。先生……好きだよ」

耳元に口を寄せ、祐司は小声で囁く。

「んっ……」

「おれだけの……先生だ」

「ん……」

　思いが溢れていたけれど、決して松浦は言葉にしない。愛を口にしてしまったら、祐司が毛利に咎《とが》められる。

　二人でここを逃げ出すという選択肢を祐司が取らない限り、松浦は愛を囁いてはいけないのだ。早々に諦めてしまうのは悲しいけれど、祐司が毛利にいたぶられる姿など見たくない。叩かれたり煙草の火を押しつけられても、全く抵抗せずにされるままになっている。けれど心の中では、痛みに対する叫びが響いている筈だ。

　松浦が祐司を大切にすればするほど、毛利の祐司いびりは陰湿になっていく。もしかしたら毛利も、祐司と寝たいのかと疑ってしまうが、毛利の性格上、舎弟の祐司を抱くことは決して出来ないのだろう。

「ああ……たまんねぇ……先生……」

　再び唇が重なり、二人は互いの舌を思い切り吸い込む。そして愛を語れない悔しさを埋めるように、何度も絡め合っていた。

　そうしているうちに、松浦の体は限界に達し、静かに飛沫《ひまつ》を祐司の腹に飛び散らせる。

祐司はそれを指先に取ると、ぺろっと舐《な》めてみせた。

「よせよ……そんな……」

「先生だって飲んでくれるようになっただろ」

祐司は幸せそうに、最後の瞬間を一気に上り詰めた。

そのまま二人は抱き合い、優しいキスを何度も味わう。

「盛りがついた猫みてぇだな」

いきなり頭の上で声がした。みると黒い影になった毛利の頭が見える。倒れてから五日目、ついに毛利は自力で立ち上がったのだ。

「他にすることがないからって、毎日、毎日、よくやるぜ。先生、あんた、見かけに似合わず好き者だったんだな」

祐司は慌てて松浦の体を毛布で覆った。その動作を見て、毛利は鼻先で笑う。

「先生を俺が襲うとでも思ったか？　そんな元気なんてねぇよ。祐司、便所に行く。手伝え」

立ち上がろうとした祐司は、そこで松浦と手錠で繋がっていることに気がついた。それを見て、毛利はさらに笑う。

「何が心配なんだ。逃げる気なら、とうに逃げてるさ。今は、おまえのことが心配で、ここにいるだけだ」

毛利は鋭い。松浦の心をすでに読んでいたようだ。毛布に隠れて、松浦は毛利を見ないようにした。祐司への思いが、暗闇の中でも見えてしまうような気がして。

よたよたと足を引きずりながら、毛利はトイレへと向かう。祐司は慌てて手錠の鍵を外し、ボクサーブリーフだけを履いた姿で付き従った。

「ああ、動けるってのは、ありがたいもんだな」

毛利はそう言いながら、祐司を連れたままでトイレのドアを閉めてしまった。そんな時の姿は、たとえ祐司相手でも決して見せない毛利らしくない。

もしかしたらトランクの中身の話でもするつもりなのだろう。さすがにあれだけは、松浦にその中身を知られたくない筈だ。

どうせ金か薬物に決まっている。それを毛利がどんな手段で手に入れたかなんて、祐司には興味がない。けれど込み入った話だったのだろう。しばらく二人きりでいたが、出てきた後の祐司の様子は緊張感に溢れていた。

「住めば都ってのは、こういうのを言うんだな」

やっとトイレから出てきた毛利は、明かりもないのに突然口走る。

殺風景だった事務所の中は、すっかり様子が変わってきていた。ゴミはすべて階下の部屋に押し込め、いる場所は清潔に保つようにしたのだ。

エアマットのベッドは変わらないが、カバーを掛け、羽毛布団も用意されている。そして何よりもの変化は、小さなカセット式のガスコンロが加わり、まるでキャンプのように料理をするようになったことだ。

病人用の食事ということで、最初はベビーフードを毛利に食べさせようとした。高栄養ゼリーは消化がいいが、それだけでは消化機能が回復しづらい。そこで思いついたのがベビーフードだったが、毛利は一口で挫折《ざせつ》した。

見栄っ張りな男だと分かっていたが、この状況によく耐えていると松浦は思う。ともかく体力を回復させようと、毛利は見栄も外聞も取り払ったのだ。ベビーフードに挑戦してくれただけでも進歩だろう。

そんな毛利のために、松浦は重湯から作り始めた。腎臓の機能が完全に回復していないので、濃い味付けは出来ない。糊《のり》を食べているみたいだと文句を言いながら、それでも毛利は毎日重湯をしっかり啜った。

重湯を調理する合間に、松浦は祐司との食事を用意する。レトルトのカレーや、インスタントラーメンが多かったが、それでも野菜や卵を加えることで、家庭で食べているような味わいにはなった。

夜は寒さを感じるようになってきた。松浦は毎晩、祐司と抱き合って眠っているから寒さを感じないが、毛利には辛いかもしれない。

けれどそんな生活にも、そろそろ終わりが近づいていた。毛利はもう起き上がって、祐司の助けを借りながらも自力でトイレに行けるまでになったのだ。

「寝たくてもよ。盛りのついた雄猫二匹で、ニャーニャーやられたら、寝てもいられねぇ。今夜はもうおしまいにしてくれよ」

毛利は一人で歩いていく。なぜか祐司はそれを手伝わずに、じっとしているばかりだ。なのに毛利はいつもの怒声をあげるでもなく、自力でエアマットの病床へと戻っていく。

祐司はしばらくぼうっとしていたが、もう松浦の側に戻って来ることはせず、着替えて外に出てしまった。

何事か命じられたのだろうか。それにしても、松浦に何も告げずに行くというのがおかしい。後を追うべきかと思ったが、それを許されない雰囲気が祐司の背中に滲み出ていて、松浦はただじっと横たわっていた。

片手に手錠が残されたままだ。けれどそこに繋がる祐司がいない。

今なら楽に、出て行ける。あのよれよれの毛利だったら、たとえ銃を持っていてもかわせるだろう。けれど松浦の体はぴくりとも動かない。

手錠のぶら下がったままの手が、祐司を待っていた。

繋がれているのは左手じゃない。もう心を繋がれてしまった。それを外すには、どんな鍵が必要なのだろう。

祐司の口から、サヨナラが聞けたら、松浦は本当に自由になれるのかもしれない。けれどサヨナラの呪文を口に出来る祐司がいなければ、松浦はじっと待つしかないのだ。

歩き始めたら細かな雨になった。秋の雨は冷たく、フードを被っていても頬がひんやりと冷たくなってくる。

祐司はポケットに入っていた、毛利のために用意された煙草を一本取り出し、口に咥えて火を点けた。

苦い煙が目に染みる。

煙草はこんなに不味いものだったかなと思いながらも吸い続ける。すぐに煙草は雨に濡れ、湿って嫌な臭いをさせ始めた。祐司は煙草を捨て、またあてもなく歩き始めた。

毛利はどうかしている。

そもそもあんな無謀な襲撃を、勝手に企てたからいけないのだ。確かに情報は正しく、鴨東組が浮き足立っているのを幸い、裏で堂々と麻薬の取引をしている外国人がいた。そこに毛利は祐司と乗り込み、腹に巻いた二十本のダイナマイトで彼らを脅し、大きめのアタッシェケース二つに入った、三億近い金を奪い取ったのだ。

何とも古びた攻撃だ。実際に使えるダイナマイトは二本、そのうちの一本は脅しのために爆発させて使った。残り一本を使う間もなく、毛利は車に乗り込む時に腹と背中を撃たれて、逃走する車の中でうずくまってしまった。

その手には導火線に火の点いたダイナマイトが握られている。車内で爆発したら、何もかも終わりだ。蒼白になった祐司に向かって、毛利は呻きながらも笑う。

実際に使えるダイナマイトは、最初に使った一本だけだったのだ。

それぞれに持っている銃しか、武器と呼べるものもない。見せかけのダイナマイトでは、導火線が燃え尽きたらすべて終わりだ。

追われる恐怖と戦いながら、車を乗り換えてさらに先に進もうとした。けれどその頃には、毛利の出血がひどくなり、逃走は不可能になってしまった。そこであの廃ビルに身を隠したのだ。

「先生じゃなかったら……兄貴は助からなかった」

祐司は廃墟《はいきょ》のような無人の一帯を抜け、夜でも人通りのある一画に出る。そこのコインパーキングに、松浦の車が駐めてあった。無人の廃ビルの前に駐車させておいたら、絶対に怪しまれるからと、ここに置くことにしたのだ。

持ち主の雰囲気に合った、地味な印象の車だった。けれどもたくさんのものを買って運ぶのに、ずいぶんと役だってくれた。

フェンス越しにぼんやりと車を見つめているうちに、祐司の頬を涙が流れ始めた。幸い雨が、その涙を見事に隠してくれている。

「……出来るわけ……ねぇだろ」

フェンスに右手を掛けて、祐司は呻く。

いつも手錠で松浦と繋がっていた右手は、その軽さに戸惑っている。松浦の左手の重さを懐かしんでいた。

「先生……」

愛なんて知らない。だからこれはきっと愛なんかじゃない。松浦を思う気持ちは、愛なんてものではない筈だ。

なのに松浦を思うと胸が痛む。

「兄貴は……バカだ」

松浦に聞かせないためだろう。トイレで二人きりになった途端に、毛利は祐司の耳元で囁いた。

『色々と知りすぎた。やつを殺せ……』

祐司はすぐに答えた。

『先生がいたから、兄貴、助かったんですよ。それを……いくら何でも』

『惚れたのか？　違うだろ？　いいさ、祐司がやれないって言うんなら、俺がやってやる』

『……何で？　そんなことしたら、仁義に背きます』

『仁義？　やつは身内でも何でもないだろうが』

松浦が何を知っているというのだ。バッグに入った金のことなど、松浦は知らない。それとも毛利は、祐司がすでに松浦に何もかも教えていて、二人で持ち逃げでもするのかと疑っていたのかもしれない。

おまえは甘いんだよ、時には非情にならないとなと、いつも毛利に言われていた。けれど非情になどなれなくてもいい。自分の職を捨ててまで、毛利を助けることに尽力してくれた松浦を、殺すなど祐司には考えられなかった。

『男が好きなら、もっと若くていい男を見つけろよ。おまえなら、喜んでついてくる男がすぐに見つかるさ』

毛利は淡々と囁いたが、祐司はただ首を横に振るしか出来なかった。

他の誰かだったら、こんな思いは抱かなかった。あの物事に動じない、クールな松浦だから惹かれたのだ。

男を気取る毛利だって、内心はいつも恐怖に取り憑かれている。それから逃れるために、わざと攻撃的になっていると祐司には思える。

松浦も怖かった筈だ。なのに泣き言も口にせず、松浦は運命を受け入れた。そして医師という職業に就く者の使命として、全力を傾けて毛利を治療してくれたのだ。

あれこそ男らしい態度ではないのか。

そんな男らしさがある反面、松浦は祐司にとても優しかった。祐司を見下すこともなく、対等に見てくれていたと思う。

松浦が何でも丁寧に教えてくれるところが好きだ。祐司を勇気づけるように、良いところはきちんと認めて褒めてくれるのも嬉しかった。

愛なんて知らないから、松浦への思いが何なのか分からない。だから好きだとしか言えなかった。子供みたいで恥ずかしかったけれど、祐司はこの思いを告げる言葉を他に知らないのだ。

なのに殺せと毛利は言う。

幼い頃のクリスマスの夜が、突然蘇る。母からのプレゼントに喜んでいたら、突然、父がキレた。何がきっかけかなんて、もう覚えていない。もしかしたら母が祐司のためにプレゼントを用意したことそのものが、気にくわなかったのかもしれない。

母と共に父に殴られ、貰ったおもちゃは目の前で粉々にされた。小さなケーキは床に落ち、味わう前に父に踏みつぶされた。

あの夜と同じだ。

天からの贈り物、初めてまともに好きになったのかもしれない相手を、今度は自らの手で壊せという。

祐司がやらなければ、毛利がやるだろう。

それを阻止するには、松浦を連れて逃げるしかないが、逃げるということは毛利を裏切ることだった。

「出来るわけねぇよ。おれは……先生が好きなんだ……」

何日一緒にいたのだろう。たった五日、それとも六日になるだろうか。短いけれど、祐司にはとても濃密な時間で、何年も一緒にいたように今では思える。

抱いたことは後悔していない。ああしなければ祐司は安心出来なかったのだから。どんなに気持ちが通じていると思っても、抱き合ってみないと本心は分からない。少しでも顔を背けたり、偽りの笑顔を浮かべたりしたら終わりだ。

松浦は正直な男だ。ただ体を許しただけでなく、心まで許したのだとすぐに分かった。閉鎖された世界の中では、嘘を吐くことに何の意味もないと松浦も悟ったのだろう。言葉の一つ一つが、すべて真実だったと思いたい。

「……殺せって……バッカじゃねぇか？　何考えてんだよっ」

怒りがふつふつと沸いてきて、祐司はフェンスを意味もなく揺らす。

毛利を男だと思った。けれど本物の男なのだろうか。祐司の気持ちがどんどん松浦に靡《なび》いていくのを見て、嫉妬《しっと》したのではないかと思える。

いつだって自分が一番でいたい男だ。自分を盲信している祐司が、他に目を向けただけで許せないのだろう。

父と同じだ。父を盲愛している母が、我が子とはいえ、自分以外の人間に何かを贈るのすら許せなかったのだ。

「男に……なりてぇ……。本物の男に……」

愛する者を守れてこそ、本物の男だ。そう思ったから、敬愛する毛利を必死で守った。なのにその毛利は、嫉妬に狂ったおかしな男だったというのか。

「恩は、受けたら返すもんだ。それを……」

右手が震えた。握りしめる松浦の手が欲しい。今すぐに、この手で握って安心したいけれど、今戻ったら、祐司は混乱したまま、松浦か毛利、どちらかを撃ってしまいそうだった。

毛利と一緒に南に逃げるからには、松浦と別れることになるのは分かっている。それだけでも辛かったのに、毛利は残酷にも言ったのだ。

『ここで殺せば、あの男は永遠に祐司だけのものだ。浮気はしないし、まだ見られる若い姿のまま、ずっと変わることもない』

何も殺さなくても、ここで別れたら二度と松浦に会うことはないだろう。会いたくても、会ってはいけない相手だ。松浦はこれからも医師として、崇高な仕事を続けていくのだろう。そんな人間の前に、自分のような薄汚れた人間が、これ以上近づいたらいけないくらい、祐司にだって分かっている。

右手はいつか、松浦の左手の重さを忘れる。それと同時に、祐司も松浦を忘れられる筈だ。このままずっと側にいたいなんて、間違っても望んではいけない。

「先生……兄貴を裏切ったら、おれが殺される……」

そして祐司が消された後、当然のように松浦も消されるのだ。

毛利は徹底して非情になれる男だった。だからヤクザになれたのだ。祐司のように、どこかに弱さを残した者は、所詮この世界では生き残れない。

かといってここで非情に成りきって、毛利を殺して金を奪うなんて祐司には出来なかった。頭がおかしいと思うことはあっても、やはりこの三年間、祐司の面倒を見てくれていたのは毛利なのだ。

恩を仇で返すことは出来ない。たとえ毛利が、理不尽な要求しか口にしない愚か者でも、ここで裏切ったら祐司の男は廃《すた》ってしまう。

「どうすりゃいいんだよ……」

フェンスに凭《もた》れて、祐司は呻く。

松浦に話したら、きっとこう言うだろう。

『どうせ子供の頃に、なくなっていてもおかしくなかった命だから』

そして松浦は、何事もなかったように笑うのだ。

運命に翻弄《ほんろう》されても受け入れ、自分の命すら淡々と差し出してしまう。それが松浦だったが、諦めているからあんなに淡々としているのではないと祐司には思える。

自分以外の誰かがそれで救われるのなら、松浦は満足なのだ。睡眠時間を削り、趣味も放棄して仕事に打ち込むのは、松浦が自分のことより、他人の命を大切にしているからだ。

そして今度のことだって、毛利の命だけでなく、一人ではどうすることも出来なかった、頼りない祐司を助けるために、犠牲になってくれたのだ。

自己犠牲の精神を持っている人間がいることを、祐司は松浦によって教えられた。自分のことしか考えない人間ばかり見てきた祐司には、最初、松浦という人間が分からなかったけれど、今なら分かる。

銃を向けたら、松浦は黙って微笑むだろう。そしてキスを待つみたいに、自然な感じで目を閉じて、運命をすべて受け入れる。

毛利がそれで安心出来て、祐司が罰されないというなら、松浦は自分の命すら捧げてしまうのだ。

「先生が生きていたら、何人が助かる……」

遠くの救急車のサイレンの音を聞きながら、祐司は考える。

松浦が天寿を全うするくらい長生きすれば、少なくとも何千人かの命は救えるだろう。では自分が生きていたら、何人の人間の役に立つのか。

「そうか……簡単な足し算と引き算じゃねぇか」

祐司はそこで、初めて心から笑えた。

ふっと体中から、すべての重さが消えたような気がした。もしかしたら死ぬということは、この程度の違いだけかもしれない。善行など無縁の人生だったから、天国なんて所には行けそうにない。死んでもきっと祐司の魂は、今居る辺りをふらふらと徘徊《はいかい》し続けるのだろう。

「逃げろ、先生……逃げてくれ。そして……おれを……忘れろ」

祐司は上を向く。そうすると雨が、ほどよく涙を洗ってくれるのだ。

愛なんて知らない。

だから祐司にとって好きという言葉は、愛しているに等しいのだ。祐司は松浦を好きだと思う気持ちを、愛しているんだという言葉に置き換える準備を始めた。

「先生……愛してるよ」

そう呟いた途端、祐司は初めて愛を知った。

本当に誰かを愛したら、自己犠牲を厭《いと》わないものなのだろう。母はきっとそう信じて、ひたすら愛して尽くしたのだ。けれど母の愛は、一度として報われていない。

祐司はずっと自分が探していたものの正体を知る。

母と同じように、祐司は報われる愛を探していたのだ。

「先生を逃がせたら……それでいい」

きっと祐司の魂は、真実の愛の成就に震える。松浦が生きていてくれたら、それだけでもう何も望まない。そこで祐司の人生が終わってしまっても、愛は成就するのだから。

松浦は生涯、祐司のことを忘れないだろう。そして何かあると、そっと左手を持ち上げてみるかもしれない。

それでいい。そうして松浦の心の中で生き続けられたら、祐司の愛は報われたことになる。

「もし生きられる時間が少ししかなかったら、先生、おれは……誰かをマジで愛したかったのかもしれない」

そう呟くと、祐司はまた人気のない一画に戻っていく。

数日すれば、ビルはほとんど取り壊される。ここで暮らした痕跡《こんせき》は、瓦礫《がれき》に埋もれてしまうだろう。

ここに来てからの数日、祐司はそれなりに楽しんでいた。欲しいだけいる物を買い、抱きたいだけ松浦を抱いた。たっぷり笑ったし、松浦と繋がって眠る間は、悪夢に怯えることもなかった。

毛利と南に逃げても、こんな幸せな日々が手にはいるとは思えない。短くても幸せだったから、それで後悔することはもうないだろう。

「一生、先生に繋がれてる。それだけでいいさ」

寂しがる右手を、祐司はそう言って慰めた。

水音がしたのは、誰かがシャワーを使っているからではない。雨が降ってきたせいだと松浦は気がつく。

夜明けが近づいているのに、窓の外はまだ薄暗く、最初の光が窓に当たる気配もなかった。

「雨か……」

松浦は起き上がり、シャツとジーンズに着替えた。そしてあれだけ大量にあったのに、もうほとんど底のほうにしかない巨乳少女のイラスト入りタオルを取り出した。

「祐司が濡れなければいいが」

傘なんてものはなかったことに、今頃気がつく。コンビニででも買っただろうか。濡れてしまったら、この季節では風邪を引くかもしれない。

祐司の帰りを待つ間、コーヒーを飲もうと松浦はお湯を沸かし始めた。ほんの数日しかいないというのに、祐司はドリップのセットを用意してくれていた。そしてどこの店のなのか、かなりおいしいコーヒーの豆を買ってきてくれたのだ。

ゴミを捨てたので、もう饐えたような匂いはない。代わりにこの部屋には、いつもコーヒーの匂いがしているようになった。

「コーヒーか……飲みてぇな」

毛利の声が聞こえたが、松浦は即座に拒否した。

「まだ刺激物は駄目ですよ。当分、アルコールも禁止です」

「……あーあ、楽しみが何もねぇや」

「煙草も駄目ですよ。いっそ禁煙すればいいのに」

コーヒーは二杯分、何となくだが祐司がそろそろ帰ってくるような気がしたのだ。カップを温め、そこに熱いコーヒーを注ぎ入れる。祐司のカップには、砂糖とミルクを入れ、自分のには少量のミルクだけを垂らした。

「先生はストックホルム症候群ってのは、知ってるだろ」

いきなり毛利の口から、意外な言葉が聞こえてきて松浦は固まる。

「人質が犯人に惚れちまうってやつさ」

「知ってます。俺がそうだって、言いたいのかな」

「ああ、そうだよ。娑婆に戻ったらよ、祐司なんてただのくそガキだ。惚れたことを後悔させられるぞ」

「娑婆に戻ったら、きっともう会ってはくれないでしょう。住む世界が違うし……」

「諦めてるのか?」

いつだって諦めている。何だって諦めるのは簡単だ。けれど祐司のことは、生涯松浦の中でも、消せない痛みとして残るのだろう。

「あなたがユウジを連れて行くんでしょ？　俺には、もう出番はありません。だけど……もし、また今回のようなことがあって、ユウジが怪我したら呼んでください。何があっても、助けますから」

それしか今の松浦に言える言葉はなかった。どうせならここに置いていってくれとは、松浦には言えない。毛利と祐司の間には、何年分もの主従関係があるのだ。たった一週間、その中に割り込んだ松浦に、祐司を奪い取る権利はなかった。

「惚れるなって、俺は忠告したんだが」

「誰かに言われたからって、それで気が変わるようならその程度のものでしょう」

「そうだな。その程度じゃなかったってことか。だが、時間が過ぎたらどうかな。楽に生きられる状態の中で、ずっと同じ気持ちでいられると思うか？」

「さぁ……経験がないもので」

手の掛かる子供は愛せない。そういう母親だっているのだから、ましてや手の掛かる他人なんて、愛せなくても当然なのだろう。手の掛かる相手ばかり欲しがるのは共依存だ。

松浦は自分が、救急救命医という仕事に依存していると思う。誰かの役に立つ人間でいなければ、自分の存在を否定されたような怖さを感じてしまう。

もし手の掛かる恋人や子供がいたら、少しは関心がそちらに向いて、もう少し人間らしく暮らせるようになるのかもしれない。

「おかしいですよね。ここにいる間、何だか人間的な暮らしをしていたような気がするな。する事がいっぱいあって、忙しいばかりだったけど……それだけじゃない」

祐司の相手をしてやることが、松浦にとっては幸せなことだった。二人で笑い、抱き合ってばかりだったような気がする。

「ストックホルム症候群か……そうかもしれない。だけど祐司は、普通の社会にいてもいい男ですよ」

もし幸せな家庭で育っていたら、優秀なスポーツマンか、あるいはいい教師にでもなったかもしれない。今なら十分に生き直せると思うが、松浦は毛利を治してしまった。医師としてするべきことをしただけだが、少しばかり後悔が残る。

熱に浮かされていた時のように、非力な男のままでいて欲しかった。そうすれば楽に祐司を連れ去ることも出来たかもしれない。

コーヒーは旨かった。ここ数日の中で、一番おいしいコーヒーかもしれない。売っている店の名前を覚えておこうと、松浦が何気なくパッケージを手にした時、ドアが開いて祐司が戻ってきた。

「やっぱり濡れたな。パーカー、すぐに着替えたほうがいい。コーヒー、ちょうど入ったところだ。今日のは会心の作だぞ。暖まるから、飲むといい」

祐司の着替えを手伝おうと近づいたら、祐司はいきなり松浦の左手を握ってきた。またもや手錠で繋がれるのかと、松浦は何も考えずに手を差し出す。すると祐司は、まだぶら下がったままだった手錠を、松浦の手から外してしまった。

そして祐司は、慌ただしく車のキーを松浦の手に握らせる。

「先生、もう終わりだ。車は、開発区域を抜けた先の、コインパーキングに駐めてある。すぐにそれに乗って帰れ」

「ユウジ……」

別れは唐突にやってきた。松浦には何の心構えもない。

さらに祐司は、ポケットから濡れた万札を数枚取り出し松浦に握らせる。

「約束の金には足りないが、これで車は出せる。すぐに逃げろっ！」

「えっ……」

背後でゆらりと毛利の体が揺れた。立ち上がった毛利の手には、銃が握られている。

「裏切ったな、祐司」

「駄目だよ、兄貴。先生は殺せない」

祐司はすぐに、自分の体を盾《たて》にして松浦を守った。

「おれなら、どんな制裁受けてもいい。撃ちたければ、撃ってもいいから。先生、何、ぐずぐずしてんだ。さっさと行けよっ」

「嫌だ。一人では……嫌だ」

コーヒーはまだ半分も飲んでいない。その僅かな時間の中で、どうして何もかもがこんなに大きく変わってしまったのだろう。

毛利が祐司にだけ何かこそこそと話していたのは、もしかしたら松浦を殺すという話だったのだろうか。なのに松浦ときたら、そんなことを想像もせずに、まだここでの生活が続いていくような気持ちでいた。

毛利は治ったのだ。そうなればもう松浦はいらない。二人のことを知りすぎた松浦を消そうと考えるのは、極道としては有り得ることだった。

ドアは開いている。そして車のキーと、僅かばかりの現金があった。それだけあれば、ここから出て自宅に戻ることは可能だ。

なのに松浦の手は、祐司の手を握っている。もう手錠はないのに、そこに見えない手錠があるかのように、しっかりと繋がっているような気がした。

「先生は知りすぎた……そうだろ、祐司?」

「いや、何も知らない。兄貴の名前も、おれ達がしたことも知らない。頼むよ、兄貴。先生は命の恩人だ。撃つようなバカはしないでくれっ」

「そこまで惚れるような色男じゃないぜ」

毛利は笑い、ネズミをいたぶる猫のように、銃口を松浦と祐司へ交互に向ける。

「まともな人だ。人を助ける人なんだ。おれは助けられた」

「どけ、祐司。まだふらつくからよ。先生狙うつもりでも、おまえを撃っちまうかもな」

「先生は、守る。おれが守るから」

祐司は少しずつ松浦の体を押して、ドアの外に押し出そうとする。

「ユウジ、駄目だ。俺ならどうなってもいいんだから」

「とうに死んでた命だからって言うんだろ。けど、これからも人の命を救えるんだから、ここで無駄死にすることはないっ」

松浦の体は、ドアから押し出された。けれど松浦の手は、まだ祐司の手を握りしめている。この手を離してしまったら、何もかもが終わってしまうだろう。どんな結果になるのか、恐ろしくて想像も出来ない。

「まだ盛りのついた猫みたいに、ニャーニャー喚いてやがる。祐司、てめぇっ、自分が誰に向かって歯向かってるのか、分かってんだろうなっ。盃をくれてやっただろっ」

「指、落とせってんなら、すぐに落とします。死ねっていうなら、撃てばいい。先生だけは駄目だ。先生だけは……」

その瞬間、パンッと何かが弾けるような音が響いた。それと同時に、松浦の額に生ぬるい血が張り付く。みると祐司の肩から、血がピュッと流れ出していた。

「ユウジ、逃げるぞ。早くっ」

松浦は祐司の体を抱えるようにして、部屋の外に連れ出そうとした。次の瞬間、またもや銃弾が祐司の脇腹にめりこみ、新たな血を流させ始めていた。

まさか本当に祐司を撃つとは思わなかった。松浦は必死で、自分よりはるかに重さのある祐司の体を支えて、階段を駆け下りた。

祐司はもう何も言わない。ただ腹を押さえて、苦しそうにしているだけだ。

「車、車のある場所まで行けるか？　それとも救急車、呼ぼうか？」

「救急車は……駄目だ。警察に、踏み込まれたら……」

そこで祐司は気力を振り絞り、よろよろと歩き出す。

「殺す気でユウジを撃ったんだぞ。それでもまだ、兄貴を庇《かば》うつもりなのか？」

「……殺す気なら、額を撃ち抜く。兄貴は……射撃、上手いんだ」

二カ所も撃たれたというのに、酔っぱらいのような足取りで祐司は前進している。松浦は肩に祐司の腕を回させ、自力で歩くのを助けた。

有り難いのは、毛利には二人を追うだけの体力がないということだ。そんなことをしたら、自分の傷口がまた開いてしまう可能性がある。

「車だ。車まで行こう。この程度の失血だったら大丈夫。肩は痛むだろうが、致命傷じゃない。腹も脇腹だったら、どうってことはないから安心していい」

「んっ……先生……病院、行くのか？」

「行くさ。今度はちゃんと検査して、きちんと診察するから。俺が診るから、絶対に助ける。心配しなくていい」

「だったら……頼む。兄貴が撃ったことは……言わないでくれ」

雨が激しくなってきた。そのせいで正確な出血の量が分からない。松浦は冷静に怪我の状態を観察しながらも、祐司があくまでも毛利を守ろうとすることについて考える。

今、警察に通報すれば、毛利はすぐに逮捕されるだろう。土壇場で毛利も愚かなことをしたものだと思った松浦は、そこではたと気がついた。

「もしかして……」

いきなりストックホルム症候群の話をし始めた、毛利のことを思い出す。まさか毛利は、こうなるように最初から計画していたのではないのか。

でも何のために、祐司を撃つような作戦が必要なのだ。

そして毛利は、たとえ撃ったとしても、祐司は決して自分を警察に売らないと確信していたが、その根拠はどこにあるのだろう。

「もう少しだ、ユウジ。コインパーキングの看板、見えてきたから」

とりあえず自分の病院に行こう。そこに行って頭を下げれば、祐司の手術が出来ると松浦は考える。どのような処置が必要になるかと、つい冷静に考えている自分がいた。そしてまた、どうして毛利が祐司を撃ったのかと、悩んでいる自分もいた。

雨がすべてを流していく。おかげで路上に血が飛び散ることもない。まるでここで撃たれたのではないと証明するために、偶然が見事にお膳立てしてしてくれたかのようだ。

「先生、約束してくれ……。誰か、知らない男に……」

その時松浦は、初めて毛利に嫉妬した。

松浦でも入り込めない、特別の絆が二人の間にはある。それはもしかしたら手錠で繋がれたのではなく、首輪で繋がれる飼い犬と飼い主の絆なのかもしれない。

撃たれても祐司は、毛利を裏切らない。それは蹴られても叩かれても、主人に噛みつくことをしない犬のようだった。

松浦は車で、救急救命の入り口に乗り付けた。夜明けのこの時間、ほとんどが消灯している病院内で、ここだけは変わらずに煌々と明かりが点いている。

「誰か、ストレッチャー出してくれっ」

中に飛び込むと、松浦は待機中の看護師を捕まえて叫んでいた。

「松浦先生、どうしたんです？　ずっと無断欠勤だったのに」

ベテランの看護師は、あからさまな非難の目を向けてきた。

「すまない。土下座でも、トイレ掃除でも、何でもやるから、患者を頼む。助けてくれ。いきなり撃たれたんだ」

そこに顔見知りの研修医が現れた。同じように松浦を見て、何か言いたそうにしているが、ここはゆっくり話している時間もなかった。

「撃たれたって、どうしたんですか、松浦先生。まさかそんなヤバイとこに出入りしてたんですか？」

「そんなのじゃないよ。患者は俺の車にいるから」

「撃たれたって、女性ですか？」

ストレッチャーを出してきて、松浦と一緒に押しながら、研修医が不安そうに訊いてくる。

「いや、男だ。それより、無断欠勤してすまなかった。罰が当たったな」

車に戻ると、後部座席で祐司はぐったりしていた。出血がひどくならないように、傷口にタオルを当てて手で押さえさせているが、その力も弱くなってきたのか、タオルはもう真っ赤に染まっている。

「う、うわっ、僕、銃創は初めてです」

研修医の声は震えている。ここ日本では、銃で撃たれた人間を診察する機会なんて滅多にあるものではない。研修医にとっては貴重な経験になるだろう。

「松浦先生、犯人は逃げたんですか？　警察、呼びます？」

「後だ、後。そんなことより患者の処置だろっ」

松浦に叱責されて、研修医はぎゅっと唇を噛みしめる。滅多に出会えない症例に、思わず浮かれてしまったことを反省しているのだろう。それに気付いた松浦の声は、心持ち優しくなっていた。

「俺にも責任があるんだ。男同士で……路上でキスしてたから、相手はそういうの許せない外国人みたいだった」

「ま、松浦先生が、路上でキス？　えーっ、しかも彼とですか？」

研修医は驚きに一瞬動きを止めたが、祐司が呻きだしたので、慌ててストレッチャーに二人がかりで乗せた。

「そうだよ。彼とだ……。恋人なんだ」

祐司は松浦の声が聞こえたのだろう、満足そうに微笑んでいる。

「彼は、俺を守ろうとして撃たれた。だから何があっても助けたい……頼む、力を貸してくれ」

「も、もちろんです。えーっ、だけど、どうすればいいんですか？」

「血液型はOだ。銃撃から三十分、右肩と左脇腹。すぐにバイタルチェックして、輸血の用意が必要だな。銃弾は俺が取り出す。ユウジ、麻酔にアレルギーとかあるか？」

松浦が話し掛けると、祐司はさらに笑う。そして左手を伸ばしてきて、松浦の手を握ってきた。その手の温もりが、ああ、二人の関係はここから始まったんだと、松浦は強く握り返す。

「ありがとう……先生」

「礼を言うのは、入院病棟に移ってからにしてくれ。着替えてくるから、その間に検査と応急処置しておいて」

水を得た魚とは、まさに今の松浦の状態だろう。仕事に対する迷いの中にあった数日のことが嘘のように、松浦はきびきびと動き出す。

さっとシャワーを浴び、手術着に着替える。そして手指を丁寧に消毒すると、手術台に向かった。

「貫通していないから、体内に残ってる。まず弾の位置を確認しよう。すぐにスキャンするから、祐司、痛むだろうが、しばらく待ってくれ。終わったらすぐに麻酔をする。麻酔準備、出来てるか？」

松浦は応急の止血処置を確認し、摘出手術の準備が整ったか確認した。その間も祐司は痛みに目を閉じ、苦しそうに呻いている。その姿を見ていると、いかに毛利が強靱《きょうじん》だったのか改めて思い直した。

激痛に耐えながら、麻酔も無しで弾を抜かせ、大量に出血しつつも輸血せずに持ちこたえてしまった。一週間という短期間に、入院もせずにあそこまで回復したのは驚異的だ。

手術台の側に置かれたモニターに、撃たれた肩の部分が映し出されていた。ぼんやりとした画像中に、はっきりと弾の形が浮き上がっている。

「あんまり奥まで入ってない。ラッキーだ。続けて腹部……」

内臓まで貫通していたら、とても厄介なことになる。ところが銃弾は、祐司には僅かしかない腹部の脂肪と筋肉の間で留まっていた。

「……楽勝だ。楽勝過ぎる……」

これだったら脂肪吸引の手術よりも簡単かもしれない。松浦にそう思わせるほど、銃弾がめり込んだ位置はいい場所だった。神経を大きく断裂させた様子もなく、内臓にも影響はない。

「しばらく意識がなくなるが、起きた時には綺麗に取り出してるよ」

祐司に安心させるように言った松浦は、祐司が毛利は射撃が上手いと言った言葉を思い出した。殺す気だったら額を狙っている。そしてもっとダメージを与えるつもりだったら、違う場所を狙うことだって出来た筈だ。

「麻酔、効いてきたかな……確認して？」

看護師にそう言いながら、松浦はメスを手にして考える。

犬は鎖が切れた瞬間、自由になれた嬉しさに飛び出していくだろう。けれどしばらくすると、またとぼとぼと繋がれていた場所に戻ってくる。

戻らないためには、どうしたらいい。

嫌というほど脅せばいいのだ。石を投げるとか、または死なない程度に撃つなどして。

「最小限の切開で取り出してみせる……」

麻酔が効いたのか、祐司はもう返事もしない。胸が規則正しく上下している様子を見ながら、松浦は何度も別れ際の毛利の姿を思い出していた。

松浦を殺せと祐司に命じたのに、なぜ松浦と二人きりの時に撃ってしまわなかったのか。祐司を撃てたのだから、無抵抗の松浦を撃つほうがずっと簡単だっただろう。なのにそれをしなかったのは、毛利に最初からその気がなかった証拠だ。

毛利は試したのだ。

自分を取るか、松浦を取るか、祐司に委《ゆだ》ねたのだろう。

祐司が松浦を選んだことで、毛利のプライドは傷つけられた筈だ。その恨みも込められていただろうが、やはり愛の方が上回っていたようだ。銃弾を抜き取りながら、松浦はしみじみそう思ってしまう。

何も言われなくても、祐司は撃たれた時点で気がついたのかもしれない。殺す気なら、もっと違う場所を撃つ。助かるような場所しか撃たれていないことで、祐司には分かったのだ。

あえて祐司を新しい飼い主の元へ行かせるために、毛利は撃ったのだ。あんなに必死に毛利のことを言わないでくれと頼んできたのは、それを直接松浦には言えないからだろう。

「松浦先生、慣れてますね。銃弾って、そうやって取り出すんですか?」

研修医が感心している。

「散弾は厄介だ。近くで被弾すると、それこそ体中に何十発って入り込むから」

「それも経験あるんですか?」

「あるよ。ここには、いろいろな患者が運び込まれる……」

毛利はもう逃げただろうか。まだ傷は完全に癒えていないし、雑菌による感染症も完璧に治癒したわけではないから、あのビルから出て行くだけで大変だろう。

金を独り占めしたかったのだろうか。祐司の体内から出てきた銃弾を見ながら、そんなことも考えてしまう。

それはない筈だ。祐司に欲がないことを、毛利は知っている。

やはり毛利としては、自分以外の人間の手を舐めた祐司が、許せなかったのだ。そう考えるのが、一番納得がいく。

「松浦先生、また戻ってきてくれますよね？　松浦先生がいるだけで、何か安心出来るっていうか」

傷口を縫合している松浦に向かって、研修医は心配そうに訊いてくる。けれどそれは松浦がいたいといったから、いさせてくれるというものではなさそうだった。

「撃たれるって、どんな感じなんでしょうね？」

祐司の意識がないのをいいことに、研修医は勝手なことを言っている。それを非難するどころか、松浦は縫合しながら呟いていた。

「そうだな……彼に訊いてみるといい。俺も知りたい。撃った相手の側には、二度と近づきたくないほど、痛いものなのか……」

痛いのは傷だけじゃない。毛利を裏切った罪悪感のほうが、ずっと祐司には堪《こた》えるだろう。祐司の心の痛みを治せるのは、自分しかいない。そう思うと松浦は、横たわる祐司を見つめる目に優しさを滲ませていた。

「誰と恋愛しようと勝手だが、そのために無断欠勤、しかも一日は病院に来たのにそのまま姿を消している」

祐司の手術を終え、入院の手続きを済ませた後、松浦は出勤してきたばかりの外科部長に捕まって、嫌み混じりの叱責を受けていた。

「どうしたんだ、松浦君。君は、いつだって冷静で、こういうもめ事とは無縁だと思っていたけどね。いきなりプッツンか？」

「申し訳ありませんとしか、言いようもありません」

松浦はひたすら頭を下げる。現場に復帰して得た高揚感は、いつの間にか消えていた。どう説明したらいいのだろう。辻褄《つじつま》合わせなんて、祐司と何一つしていない。祐司はまだ意識もはっきりせず、病床に横たわっているのだ。

いつでも身綺麗にしている外科部長だが、今朝は少しネクタイが歪《ゆが》んでいる。松浦が戻ってきて、いきなり自ら手術をしたのが気に入らなかったのだろう。その苛立ちが、ネクタイの結び目を歪ませたのだ。

「後で警察の取り調べがあるようだが、いきなり撃たれたって、どういうことだ」

「路上で……男同士のキスが、いけなかったようです」

松浦の言葉に、外科部長の眉がきゅっと上がった。

「犯人の顔とかは、その、見たのか？」

少し外科部長の顔が赤くなっている。まさかこんな話を、松浦相手にするとは思っていなかっただろう。生々しい告白に、外科部長は年甲斐もなく狼狽《うろた》えているのだ。

「見ている余裕はありませんでした。言葉もよく分からなくて……。ただホモがどうのと、叫んでいたのだけは確かです」

「最悪だな。無断欠勤して、路上でそんなことをしているからだ」

「はい……八年、自分なりに誠意を尽くして、職務に取り組んできたつもりですが、自分を見失ったような気がしていたんです。そんな時に、まともな恋愛をしたのが……彼とでした。前後の見境がなくなり、もう彼以外の何も考えられなくなってしまいまして……」

「この病院の職員は、無料でカウンセリングを受けられるようになっているぞ」

松浦の言葉を聞きたくないのか、外科部長は畳みかけるように言ってくる。嘘を吐くのはあまり上手くない。けれど今回の嘘は、外科部長には十分通用したようだ。外科部長は職員の恋愛問題などに、首を突っ込みたくないのだ。ましてやそれが同性愛となったら余計だろう。

「君がこの病院に対して、貢献してくれたのは認める。救急救命は、通常の外来と違って、ストレスの溜まる仕事だ。なのにこれまではよくやってくれたが……ここらで日勤に異動したほうがよくないか？」

「はい……ですが、救急救命に取り組みたい気持ちは変わっていません」

「救急救命の医師が無断欠勤したら、どれだけの迷惑を被るか考えてみたまえ……」

「それを言われると、返す言葉がありませんが」

医師免許剝奪だけは、何があっても免れたい。松浦は失いそうになって初めて、自分がいかに仕事を生き甲斐にしてきたかを強く意識していた。

「どうだ……紹介状を書くから、少し、地方ののんびりしたところで、心機一転やり直すというのは？　恋愛相手と、それで上手くいかなくなって困ると言われても、対処の仕様がないのだが」

やはりこの病院には、置いておけないということなのだろう。同じようなことを、松浦がまた繰り返さないかと不安なのだ。

「その申し出は、とてもありがたいです。出来るなら、彼が退院出来るまでは在籍させていただきたいのですが」

「それは構わないが……松浦君、いくら男同士がいいと言っても、相手はちゃんと選ぶべきだろう。健康保険もないようだが……そんな男といて大丈夫なのかね？」

祐司は国民健康保険にすら入っていない。持っていた免許証の住所は、祖母の家のままだった。ヤクザとして生きるなら、住所不定もありだろうが、松浦が引き取る以上そうはさせられなかった。

毛利の言ったことが、ここでもまた蘇る。

ストックホルム症候群、誘拐犯と人質との間で特別な感情の交流が行われることをいう。特異な状況で始まった親密な関係は、現実世界に戻った途端に憎悪に変わるともあった。

閉ざされた密室から解放されて、松浦の気持ちもまた変わるのだろうか。祐司の気持ちも変わるかもしれない。広い世界には、あの魅力的な若者の目を惹く、素晴らしいものが山ほどあるのだ。誠意と優しさしかない松浦に物足りなさを覚え、いずれは祐司のほうから去ってしまうかもしれない。

「私にも分かりません。恋愛なんて、ほとんど経験ありませんし、ましてや相手は年下ですから。ですが、彼といると、人間らしさを取り戻せるのは事実です。ここ最近は、患者が亡くなっても、何の感情も沸かず、どんどん冷徹になっていく自分が怖かったんです」

「逃げるために恋愛をするのか？　結果がどうなっても知らんが……それより転地したほうが、気分が変わるだろう。また落ち着いたら、いずれこっちの日勤で戻れるように配慮しよう」

そんなものは、その場凌《しの》ぎの口約束に過ぎない。キャリアを積んだ勤務医は、それだけ給料も高くなる。しかも日勤の外科医は足りているのだから、松浦を呼び戻すなどまずあり得ない。

けれど他の病院を紹介してくれるのはありがたかった。医師であり続けたかった。それがはっきりしただけでも、拘束された日々は無駄ではなかったのだ。

外科部長との話し合いが終わると、松浦は祐司の病室に向かった。するとそこには、外科部長よりも厄介な相手が待ちかまえていた。

警察官だ。

「すいませんね、先生。患者さんと一緒に、話出来ますかね」

警察手帳を見せながら、二人組の私服警官は鋭い視線を松浦に向ける。ここでおどおどすることはない。松浦は堂々とした態度で頷いた。

「どうぞ、もう麻酔も覚める頃だから、はっきり話せると思いますが」

「その前に……」

刑事なのだろう警察官は、声を潜めて聞いてきた。

「小峰《こみね》祐司が、鴨東組のヤクザだって、知ってましたか?」

「……」

松浦は言葉を失う。これは用意していなかった質問だった。

「先生、もしかして狙われてたんじゃないですか?」

「どういう意味です?」

「何かに利用しようとして、近づいてきたのかもしれない」

警察はバカじゃない。外科部長のように簡単に騙されてはくれなかった。ストックホルム症候群に陥ると、本来は自分の味方となるべき警察を憎むことになるという。まさに松浦は、この刑事を憎みそうになっていた。

「彼は被害者ですよ。私の行動が軽率で、病院に多大な迷惑を掛けたのは事実ですが、彼は別に私が医師だと知っていて近づいてきたわけではありません」

「どこで知り合ったんです？」

松浦はそこで、周囲を気にする素振りを見せた。

「他に入院患者もいます。ここでその話は……」

「でしたら、訊かれない場所に行きましょう」

そこで松浦は頷き、素直に二人を救急救命担当医の医局に案内した。

なぜ、祐司や毛利のために、自分は嘘を貫こうとしているのだろう。これがストックホルム症候群というものなのか。祐司に対する気持ちははっきりしているが、毛利に対してそこまで義理立てする自分の心理が分からない。

だがここでしっかり時間稼ぎをして、毛利を逃がしてやりたい気持ちがあった。自ら撃つなんて、とても乱暴なやり方で飼い犬を追い出すような男だが、松浦はそこに男心を感じるのだ。

自分の元に置いておいては、祐司はいずれ死ぬかもしれない。死なないにしても、極道には向かない男の一生を引き受けてしまうことを、毛利はここで止めたくなったのだ。祐司をまともな世界に返してやりたいという、男心なのだろう。

それはあまりにもいい解釈だろうか。

けれど毛利が本当の男なら、松浦に対しても義理を感じている筈だ。金で謝意を示すより、いっそ松浦が気に入った祐司をくれてやるほうが、十分な返礼になると考えはしないだろうか。

「仕事明けに寄ったコンビニで、話し掛けられたんです。車に興味あるみたいで……私がワーゲンのゴルフだったから、しばらくその話してました」

「それが一週間前ですか？」

「そうです。そのまま……彼を自宅に招きました」

「いきなりよく知らない男を、自宅へですか？」

松浦はそこで深呼吸をする。こんな時には、普段からあまり感情を表に表さない、自分の性格が得をしていると思えた。

「ゲイなら、よくあることです。自分の好みの男性と、すんなり出会えることなんて滅多にないので……チャンスがあれば、多少の危険はあっても、そういう行動に出ます」

「あ、ああ……なるほどね」

刑事達もその話になると、わずかに視線を逸らせる。やはりこの話題は苦手なようだ。

「それで、一週間どちらに？」

「車で出掛けたり、家にこもってましたが……それが、何か関係あるんですか？」

今度は松浦のほうから、質問を投げかけてみる。すると刑事は、すんなりと真実を口にした。

「小峰祐司の兄貴分にあたる男も、一週間前から行方不明でね。どうやら外国人ともめているみたいですな。一緒じゃなかったですか？」

「それは知りません。兄貴分って、つまり恋愛関係の相手ってことですか？」

本気で松浦は、愚かな恋する男の顔になっていた。それを見て刑事は一瞬だが、口元に皮肉な笑いを浮かべる。

「いや、ヤクザ関係のね。実際、どういうことになってるかは、我々も知らないけど」

「ユウジから、そういう話はあまり聞いてません。昔、ホストやっていたこととか、母親や祖母の話は聞きました。今も、どんな仕事してるのか、実はよく知らなかったんです」

「なのに……一週間、無断欠勤までして、面倒見ていたと？」

「たいがいの男性は体だけが目的で、することしたらサヨナラです。まともに恋愛出来る相手は初めてだったので、彼に夢中でした。なのに……撃たれるなんて」

嘘を吐いている筈なのに、いつか松浦は自分が口にしていることのほうが、本当のような気がしてきた。仕事がヤクザだろうが何だろうが関係ない。ただの小峰祐司という若者と知り合い、互いに手探り状態で愛を深めていったと思いたい。

演技でも何でもなく、不覚にも松浦の目から涙が滴った。

「その兄貴分のせいで撃たれたんですか？　だけどユウジは、もう昨日までの自分とは違うって言って、髪まで染めてくれていたんですよ。暗い場所なのに、ユウジだと分かったってことですか？」

松浦の質問に、刑事は地図を取り出し、正確な撃たれた場所を示すように言ってきた。

すでに松浦の脳裏には、襲撃された場所のシナリオも用意されている。

「雨が降っていたんで、高架線の下にいました」

「何でそんなとこに？」

「邪魔する者が誰もいないと思って……つまり、野外プレイです」

刑事達は、もう松浦を生粋のゲイだと疑わないだろう。それでも松浦を疑って調べていったら、いつかの夜の手錠で繋がれたおかしなゲイカップルの話題が、どこかで刑事達の耳にも入ってくる筈だ。

それがさらに松浦の話に、真実みを与えてくれるだろう。

「先生、何か薬物とかやってるんじゃないでしょうね？」

ついにはそっちの疑念も沸いてきたようだ。

松浦は苦笑いを浮かべて、白衣の両手をまくり上げて刑事達に示す。

「それはありません。お疑いなら、ユウジと二人、調べてくださって結構です」

「何か……おかしな跡があるけど？」

左手にはまだ、手錠の跡がはっきりと残っている。それを松浦は、愛しげに撫でさすった。

「ああ、プレイ中におもちゃの手錠を使うので」

「……そういう、関係ね」

そう、そういう関係なのだ。だから仕事も放棄して、二人きりの世界に溺れた。そう思ってくれればいい。

「じゃあ、そろそろ本人に話を訊くか」

年上の刑事のほうが、もう松浦には何も訊くことはないと判断したようだ。そのまま祐司の病室へと戻っていく。

何も打ち合わせなんてしていない。祐司のする話と、松浦の言ったことに整合性がなければ疑われる。いよいよ危なくなってきたが、後は祐司の機転に縋《すが》るだけだ。

病室のドアを開くと、驚いたことに祐司はベッドの上で、体に付けられた各種の測定装置を外してしまって、苦しそうにもがいていた。

「しまったっ、麻酔の拒否反応かっ。ユウジ、ユウジ？　俺の声が聞こえるか？」

すぐに松浦は祐司の体を押さえつけ、ベッドから落ちないようにしてやった。

「すいません、こんな状況で質問は無理です。後にしてください」

「あ、ああ。それじゃ、また後で」

苦しむ祐司の姿を目の当たりにして、さすがに刑事達も下がった。けれどまだ完全に立ち去ることはせずに、ドアの外にじっと立って中の様子を窺っている。

「落ち着け、暴れるな。酸素、吸って、ゆっくり、息をしろっ」

松浦が酸素吸入をさせようとすると、祐司が手を伸ばして松浦の白衣を掴んできた。そのまま松浦の体は、祐司の上に覆い被さる形になってしまった。

「しっかりしろ。麻酔が切れかけてるんだよ。痛みがあるか？」

「警察……何を話した？」

途端に祐司は、松浦の耳元で冷静な声を聞かせてきた。

「あっ……」

「話、合わせないとまずいだろ。まさかチクッたのか？」

「出会いはコンビニ……車の話で……もりあがって、そのまま家まで」

さすがに祐司だ。自分の意識が戻ったら、どうなるか分かっていたのだろう。そこで咄《とっ》嗟《さ》に、これだけの演技をしたのだ。

「看護師を呼んだから……じっとしてくれっ」

松浦は大きな声でそう言うと、すぐにまた小声で囁いた。

「撃たれたのは、高架線の下だ。野外プレイをしようとしてた……」

「すげぇこと思いつくな」

祐司は笑っている。けれどその後で、激しく咳《せ》き込むことも忘れなかった。

「ユウジのことはよく知らない。ヤクザだってことも、知らないことになってる……だけど……恋してる……夢中で一週間、二人きりで俺の部屋に……」

そこに看護師が入ってきて、松浦を見て頭を下げる。

「松浦先生、すいません。計器外れてたのに、気がつかなくて。麻酔、覚めたんですね」

「いきなり飛び起きて、自分で引き抜いたんだ。これだけ元気があれば、心配なさそうだ」

笑顔で松浦が言うと、看護師は再び祐司の体に計器を取り付け始める。その間に松浦は、ドアの外にいる刑事達を見に行った。

刑事達はどこか力なく見える。もしかしたら祐司から、毛利の行方を聞き出すつもりだったかもしれない。または毛利が一緒だったと思っていたかだ。

なのに祐司は、愚かな恋人とべったり過ごしていた。そうなると毛利に繋がるものはなく、祐司はたまたま撃たれた被害者でしかない。銃を持った外国人の捜査となると厄介で、刑事達は今からうんざりしているのだ。

こうしている間にも、毛利が遠くへ逃げてしまえばいい。そうして毛利を追う警察の捜査の手が伸びる前に、あの廃ビルが取り壊されてしまえばいい。

　そうすればもう誰も、祐司を咎めることは出来なくなる。過去に何かをしていたとしても、松浦にとってそんなことは問題ではないのだ。

　それよりも自由になった今、二人の気持ちがどうなっていくのか、そっちのほうがずっと問題だった。

「落ち着いてくださいね。松浦先生が助けてくださったんだから、あまり無茶しないように」

　看護師は話し掛けながら祐司を元の状態に戻すと、松浦に一礼して出て行く。去り際に思わず笑ってしまったようだが、すでに祐司と松浦の関係が、病院内に知れ渡っている証拠だろう。

「名演技だったな」

　再び祐司の側に近づき、松浦はその手を握って囁いた。

「コンビニでおれがナンパしたんだな」

「そう……俺はバリバリのゲイで、多少Mっ気のある変態らしい」

「そうだったっけ？」

　祐司は笑っている。その顔を見ていると、松浦は不思議な気持ちになってくる。

　ここは松浦の現実世界だ。八年間、慣れ親しんだ病院で、何人もの患者をこの病室に送り込んだ。

そこに夢の世界の住人としか思えない、祐司の姿がある。

「ユウジ、助けてくれてありがとう。お返しに、全力で手術した。きっと予後もいいと思う。傷口も綺麗な筈だ」

「ああ……そうだろうな。先生がやってくれたんだから」

祐司の手には力強さはない。けれど温かさは変わらず、何度も握る強さを強くしたり、弱めたりして松浦の手の感触を楽しんでいた。

「なぁ、君は、もう自由だ。もちろん入院中の面倒はすべて見るが、無理してこのまま俺といる必要はないんだよ」

別れで悲しむのは嫌いだ。だから松浦は、つい予防線を張ってしまう。だが祐司には、そんな松浦の弱気は無視された。

「何で、先生といちゃいけないんだ？　ここに戻ってきたら、もうおれなんていらなくなった？」

「そんなことはない。逆だ。ずっと一緒にいたいけど、俺はきっと変わらない。毎日、病院で働くことに生き甲斐を感じるだろうから、ユウジに寂しい思いをさせるかもしれない」

「寂しいなんて、おれは思わないよ。先生、たまには家に帰るんだろう？　その時に、一緒にいられりゃいいよ。それよりさ、おれ、これからどうしたらいいと思う？　もう兄貴のところには戻れないだろ？　何したらいいんだろ」

祐司は途方にくれている。松浦は自分が仕事を失うと思って、途方にくれていたことを思い出した。自分の問題が解決した途端に、祐司のことを忘れていたようだ。

もう祐司には、どこにも帰る場所はないのだ。毛利を裏切った以上、ヤクザに戻るのも難しいのだろう。かといって今更祖母の所に戻っても、一人で何をするというのだ。

「すまなかった。俺、もしかしたら病院を変わるかもしれない。二人で知らない町に行こう。そこでユウジは、自分の好きなことを見つければいい」

「……おれに何が出来るんだろ」

「何でもいいさ。屋台のたこ焼きだっていいし。ユウジは度胸があるけど、気遣いに優れた繊細な部分もある。商売に向いているかもしれないな」

「おれが？」

「そうだよ。ユウジには、人に気配り出来る優しさがある。忍耐力もあるし、辛くても乗り越えていけるタフさがある」

松浦はベッドの側にかがみ込み、祐司の手に唇を押し当てる。そしてもう一方の手で、祐司の髪を優しく撫でた。

「もう一度、生き直すんだ。それはそんなに難しいことじゃない。医者しかやれない俺より、ずっと可能性があるじゃないか」

「先生のそういうとこが好きなんだ。おれのこと、ちゃんと認めてくれてるのがさ」

「当たり前じゃないか。命懸けで俺を守ってくれたんだから。あんな経験……誰も出来ない。なのに俺がユウジにしてあげられることは……何だろう」

「毎日、こうやって頭撫でてくれ。膝枕してさ。おれがバカやったら、ちゃんと叱ってくれなきゃ駄目だよ……。たまにはデートしよう。ドライブしてぇな。おれ、車好きなんだ」

答えの代わりに、松浦は祐司にキスをする。そんなものしか望まない、未成熟な恋人が愛しくてたまらなくなっていた。

「兄貴のこと、警察に黙っていてくれてありがとう……」

「いいんだ。悔しいけど、彼のほうがユウジのことをよく分かってたってことだ」

「えっ？　何だって？」

「いいんだ。落ち着いたら話そう」

もし祐司が、毛利の真意に気がついていなかったとしたら、ここで言ってはいけない。きっと祐司のことだ、毛利の元へ戻ろうとしてしまうかもしれない。

せっかく譲られたのだ。元の飼い主に戻すなんて、させたくはなかった。

「彼は、あんな体で逃げられるのかな？」

「……他にも舎弟はいるさ。たまたま、おれが一番気に入られていたってだけだ」

「そうか……なら安心だ」

けれどその舎弟達は、祐司のようには愛されない。なぜなら毛利は、自分の恥ずかしい部分を決して彼らには見せないからだ。

祐司には見せたのは、信頼の気持ちがあったからだろう。

「一つだけ約束してくれ」

再び祐司にキスをしながら、松浦は囁く。

「もし……彼が呼び戻しに来ても、ついていかないって」

「そんなこと兄貴はしないよ。捨てたらそれきりだ」

「……約束してくれないのか？」

毛利に嫉妬しても意味がない。けれどもし毛利の気が変わって、迎えに来たら祐司は動揺するに決まっている。今のうちにはっきりと、決意を示して欲しかった。

「約束する。もう兄貴とは関係ない。二度と、会うこともしないから」

そう言いながら、祐司は目を閉じる。あんな別れ方をしたのは、やはり辛かったのだ。

「兄貴は……おれを捨てた。命じられたことが出来ない男なんて、兄貴には必要ないのさ。兄貴みたいな男らしい男になりたかったけど、おれじゃ無理だったんだな……」

「今でも十分に男らしいよ。表し方が違うだけだ」

本気で松浦を殺そうとした男だったら、決して男らしいとは言えない。だが祐司を逃がすためにしたことだったら、評価は大きく違ってくる。

今は毛利を褒めたり、認めたりはしたくない。毛利を間に挟んでの微妙な三角関係なんて、すべてここで終わりにしたかった。

あれから二カ月が過ぎた。

松浦は新しい住まいの二階にある広いテラスから、午後の光を受けてきらきらと輝く海を見つめている。

赴任先の病院は、海の近くにあった。漁業関係者や釣り人などの観光客、小規模ながらも別荘地が点在しているのでその住人など、地域に住む人間以外の患者も多い。温泉療養施設が併設された病院は真新しく、この地域にこれまでなかった救急救命の担当医となった松浦は、思った以上の歓迎をされていた。

「手紙きてるぞ。何だよ、海見て、感傷とかに浸ってる?」

転送されてきた郵便物を手に、祐司が二階に上がってくる。松浦は海風に髪を嬲《なぶ》らせながら、遠くを行く船を見つめていた。

「やっと休みになったんだから、少しは手伝えよ」

文句も言いたくなる筈だ。引っ越しの手配は、ほとんど祐司がやってくれた。荷造りから片付けまでも、やったのはすべて祐司だ。

松浦はぎりぎりまで以前の病院で働き、引き継ぎをして退職したと思ったら、すぐに新しい病院で働き出してしまった。

そんなことが出来たのも、祐司がいてくれたからだ。

「穏やかで、いい海だな」

「ああ、そうだな。ほらっ、病院から転送されてるぞ」

普通のダイレクトメールや、患者からの礼状に混じって、少し厚みのある封筒が差し出される。差出人は全く知らない女性名だった。

「何だろう……」

開くと中には手紙の一枚もなく、ただ紙に包まれた白い皿が入っているだけだった。しかも皿は、半分に割られている。

「割れた皿？」

それを見た途端に、祐司の顔つきが変わった。

「それ……兄貴と交わした盃だ」

「えっ……」

「関係が切れたら、割るもんなんだ」

そんなルールがあることを、松浦は知らない。けれど固めの盃が、結婚式の三三九度の盃と同じくらいに、厳粛なものだというのは知っていた。

松浦の脳裏に、あのビルでの日々が瞬時に蘇る。

あの二日後、松浦は一人でビルに戻ったのだ。毛利はもういないだろうという予想は、見事に当たった。それだけでなく、あんなにあった生活用具も綺麗に片付けられていて、階段を汚した祐司の血すらも消えていた。

　階下の部屋に放り込んだゴミもなく、そこに誰かが暮らしていた痕跡などどこにもない。病院に祐司がいなければ、松浦は悪い夢を見たか、狐狸《こり》の類《たぐい》にでも化かされたと思っただろう。

　毛利が逮捕されたというニュースも聞かなかった。けれど祐司は、毛利が組に戻ったとも聞いていない。あのビルから、忽然《こつぜん》と毛利は姿を消してしまったのだ。

「あの世界から足抜いたら、組から破門状とか廻されるんだ。だけど兄貴が消えちまったし、今は組内もめてるから、おれみたいな下っ端は、無視されてたみたいだけど……これは正式に破門されたってことなのかな？」

「それは、彼が送ってきたんだろ？」

「そうだな……兄貴の部屋に、着るものとか靴とか置いてきたけど……これも、時計を入れてるバッグの中にしまってたんだ」

「わざわざ送って寄越すなんて、義理堅いな」

　祐司は黙って、綺麗に割られた小さな白い盃を見つめている。きっとこれで酒を酌み交わし、兄弟の契りを結んだのだろう。その時の真剣な思いを、祐司は胸に蘇らせているのだ。

今の祐司では、毛利の元には戻れない。

松浦と暮らしているうちに、荒々しい部分は鳴りを潜め、今ではすっかり穏やかな若者になってしまっている。

それでも時々、荒々しい目をした。松浦が手を握ってやると、瞬時に荒々しい光は消える。そして迷子になった子供のような顔をすると、再び松浦の手を強く握り返してくるのだ。

松浦はいつものように祐司の手を握った。祐司はそのまま強い力で松浦を引き寄せ、しっかりと胸に抱く。

「あんなに大げさに兄弟盃なんてしておきながら、割るのは簡単なんだな」

「簡単に壊れてしまうものだからこそ、それなりの儀式が必要なんだ。本物だったら、そんなに簡単には壊れない。そうだろ？」

盃を交わすでもなく、入籍をするでもない。何の証明もないけれど、二人の愛はまだ続いている。平和になってもまだ、松浦の気持ちがぶれることはない。

祐司はどうなのだろう。黙って松浦についてきた。そして今も変わらずに、側にいる。

「部屋に戻ろうか……ベッドで日光浴でもしない？」

手を繋いだまま、松浦はそれとなく自分から誘う。

毛利のことを忘れさせるために、松浦に出来ることといったらこれしかない。肉体の繋がりだけでは、やはり不安にもなるけれど、確かなものを築くには、祐司が毛利といた年月を超えるまで、二人の関係が続く必要があるのだ。

祐司は割れた皿を、テラスに置かれたデッキチェアの上に置く。そしてそれを見ないようにして、松浦に誘われるまま部屋に入った。

「兄貴、生きてるのかな」

松浦のシャツを脱がしながら、祐司はぽつんと呟く。

「金、三億近く外国人から奪ったんだ」

これまでは決して口にしなかったことを、祐司はついに話し出す。

「分かってたよ。ソファの下に隠してあったアタッシェケースだろ?」

「取引の場所に乗り込んで、組の名前とダイナマイトで脅して奪った。今、考えると、すげぇことしてたんだな。もし兄貴が捕まって、おれの名前が出たら、当然、ムショ行きだろう。先生、そうなっても、おれを待っててくれるか?」

「いいよ。待ってる。だから何も心配しなくていい。いつでもユウジが帰る場所はここだ。俺のベッドのあるところだよ」

午後の陽は、ベッドの上にまで伸びてきている。南に位置するこの町の陽は、いつでも暖かく、裸でいても寒さを感じさせなかった。

「先生が待っててくれると思うと、もう何も怖くない。そうなったらなったときさ。どうってことねぇよ」

祐司もシャツを脱ぎ捨てる。すると引き締まった体の脇腹と肩に残る傷跡が、嫌でも目を惹いた。

松浦は革の細い紐を取り出す。そして祐司の右手と自分の左手を縛った。

手錠はもうない。なのに時折、松浦は手錠で繋がれていた時の不自由さを再現する。するとこの不安定な関係が、決して逃れられない絶対的なもののような気がして安心するのだ。

祐司もこうすることを好んでいる。不自由な形で抱き合っていると、それだけ二人の関係がより濃密になっていくように感じられた。

「こうすると安心出来るんだ。これって変態なのかな」

松浦は力なく笑う。

「こんなことしなくたって、もう十分、心で繋がっているのに……」

「先生はいろいろと考えすぎるからいけないんだ。安心出来るなら、それでいいじゃないか。おれも何だかほっとする。先生が……こうして縛るの嫌がるようになったら、それがきっとおれ達の終わりのサインだよ」

不自由な動きで、二人は互いの体を抱きしめ合う。

「おれがもっと強くなったら、先生を不安になんてさせないのに……」

「今ぐらいの強さで十分さ」

祐司のキスは優しい。けれど時間と共に、激しさを増していく。動きの不自由さをカバーするように、激しいキスで二人は燃え上がっていく。

目を閉じると、松浦の脳裏に毛利の手が伸びてくる。

そしてもう声など忘れた筈なのに、あの低い押し殺した調子で毛利の声が聞こえてくるような気がした。

『おまえになんか、祐司をやりたくはなかったんだ。今に、取り戻しに行くからな』と。

「ユウジ……どこにも行かなくていい……ここに……いて」

「んっ、んんっ、いるさ。けど、いつまでも先生に甘えてられない。おれも仕事見つけて、今に先生にも楽させてやっから」

「楽しみにしてるよ」

明るい未来を考えよう。もう何かから逃げているわけではない。あの雨の夜に、すべてから逃げ切った筈だ。

祐司の手がある。松浦はそれを強く握り、二人でいることを何度も確かめる。

そして祐司の左手は、松浦の欲望を高めるために動き出した。

二人のことを誰も知らないこの町で、ひっそりと幸せに生きていければいい。時々、こうして愛を確かめ合い、時には喧嘩もしながら、普通に静かに暮らしていければいいのだ。

「愛してるんだ……ユウジ。二人で、ずっと……こうして……手を繋いで生きていこう」

松浦は呟き、全身の力を抜いて足を開く。

体内に祐司のものが入った瞬間、二人の繋がりは完璧なものになる。そうして繋がる回数が増えれば増えるほど、いつか不安はすべて消えていくのだろう。

祐司は簡単に愛を口にしない。けれどいつか自然に言えるようになるだろう。それまで松浦は、祐司の手の動きや、差し込まれる舌の動きで、愛されていることを実感していくしかなさそうだ。

松浦の手は、祐司の傷跡に触れた。これこそが永遠の愛の証《あかし》だ。自らの命を懸けて、松浦を守ってくれた印なのだから。

目を閉じても、もう何も脳内の声は聞こえて来ない。微かな波の音と海鳥の鳴き声、それに祐司の荒い息が聞こえてくるばかりだった。

あとがき

いつもご愛読ありがとうございます。そして初めての読者様、どうも初めましてですね。これからもよろしくお願いいたします。

今回は手錠の話です。本来は犯罪者の行動を制限するために用いられる、拘束具の一種です。今は金属製ですが、その昔は木で作られた手枷が、まさに手錠の役割を担っておりました。

警察官に手錠をされるとなればもう犯罪者なので、何とも陰気な道具ではありますが、いけないことに妖しい気分にさせられてしまうのも事実です。

アダルトグッズともなれば、ふわふわの毛皮付きなんて、とんでもないのも売っていたりするくらいですから。

ですがこの手錠、犯罪目的で使用すれば、かなりきわどいものになります。近年、刃物の類は規制がうるさいのに、何で手錠に対しては厳しくないのでしょう。

疑問に思って調べてみたら、官製、つまり警察が使用している手錠は、すべて登録番号が刻印されていて、勝手に売ったりしたらどこから出たのか簡単に分かる仕組みになっているそうです。

ですからオークションなどに出回っているのは、あくまでもおもちゃとして製造されたものか、外国の警察から流れてきたものなのだとか。

いずれ厳しい法規制がされそうですね。

何だかそんな気がする危ない道具が、今回の主役となりました。


どういった経緯で、この手錠、彼らの物になったのでしょう。どうやら作られたのは、東南アジアのどこかの国のようです。

そしてある日、若い警察官に手渡されました。ピカピカに光る手錠を見ているうちに、警察官は何か落ち着かない気分になってくるのです。

誰かをこれで拘束したい。だけど太った中年親父では嫌なのです。ただ大人しいだけの女性や、幼い子供を手錠で拘束するなんて、この警察官には思いつきません。

警察官は暇さえあれば、手錠を手にして妄想に浸ります。それがやがて具体的な若い男の像へとなっていった頃、ついに警察官は夜のパトロールで、その男を見つけたのでした。

体にぴたっと張り付くようなシャツを着て、細身のジーンズを穿いています。顔立ちは綺麗で、どこか優しげな雰囲気がありました。

尋問するのに理由なんていらないのです。夜にふらふらと歩いている、それだけで何だかいけないことをしそうなんですから。

そして警察官は、外灯の柱に手錠で若者を拘束しました。

まずはジーンズのポケットを探ります。違法薬物を持っているかもしれません。シャツのボタンも開いて、体に何か貼り付けていないか調べました。

こうなるともう、ジーンズを引きずり下ろして、パンツの中まで調べないといられなくなってしまいました。何しろ思惑はどうでも、何も違法なものは出てこないのですから、警察官の立場としては、何か見つけないと恰好がつかないですからね。

体中をなで回しているうちに、最後はその穴しか隠し場所がないと言い出すのはお約束、指で捜しているうちに、ついには奥まで捜すんだと言って、興奮した自分のものを……。

こうして彼のドリームは、ついに実現したのでした。

若者は男娼で、客を捜している途中でした。警察官にやられても、お金になんてなりません。内心は腹が立っていたけれど、哀願してどうにかやられただけで済みました。

そのまま大人しく引き下がればよかったのでしょうが、若者は手錠に鍵が差し込まれ、手がわずかに自由になった途端、警察官を殴っていたのです。

ここで愛が生まれればボーイズの世界ですが、ま、現実だったらこの程度のものでしょう。若者は手に残った手錠を、ブラックマーケットで売りました。一発やらせる稼ぎより少なかったけれど、何も得られないよりましでしょうから。
そしてその手錠は……毛利《もうり》兄貴の実戦道具に加わったのでした。目出度し、目出度し、
いや……目出度くもないか。

イラストお願いいたしました、小路龍流《こうじたつる》様。ご迷惑おかけいたしましたが、素晴らしい三人をありがとうございます。兄貴の影が……意味深で……思わずにこりです。

担当様、いつもご迷惑ばかりかけてすいません。なのに好きなものを書かせていただけて感謝しております。

そして賢明な読者様、兄貴は射撃の腕がいいんです。だって撃った場所が……。

愛の傷跡……何のこっちゃでございますね。

楽しんでいただけたなら幸いです。ご感想など戴けたなら、さらに喜び倍増でございます。

それではまた、プラチナ文庫で。

剛《ごう》　しいら拝

手錠《てじょう》

プラチナ文庫をお買いあげいただき、ありがとうございます。
この作品を読んでのご意見・ご感想をお待ちしております。

★ファンレターの宛先★

〒102-0072　東京都千代田区飯田橋3-3-1
プランタン出版　プラチナ文庫編集部気付
剛しいら先生係 / 小路龍流先生係

各作品のご感想をWEBサイトにて募集しております。
プランタン出版WEBサイト http://www.printemps.jp

著者——**剛しいら**(ごう しいら)
挿絵——**小路龍流**(こうじ たつる)
発行——**プランタン出版**
発売——**フランス書院**
〒102-0072　東京都千代田区飯田橋3-3-1
電話(営業)03-5226-5744
　　(編集)03-5226-5742
印刷——誠宏印刷
製本——小泉製本

ISBN978-4-8296-2492-0 C0193

Platinum Label プラチナ文庫 Platinum Label

P2487

●好評発売中!●